KB166669

아픈건 싫으니까 방어력에 올인하려고 합니다.

8

메이플
Maple's STATUS

Lv58
HP 200/200
MP 22/22
[STR 0]
[VIT 14580]
[AGI 0] [DEX 0]
[INT 0]

등에서는 천사의 날개를 펼치고.

온몸을 강력한 병기로 감싸고, 양옆에 괴물을 거느리고

왼팔에는 검은 안개를 뿜는 다섯 개의 축수가 달렸다.

「진화…… 그렇구나.
새로운 스킬을 배울 수
있는 것 같아.」

「훌륭하게 자랐구나…….
에헤헤, 기쁜걸─.」

7층 유적아

SKILL Fortress / Absolute protection / Indomitable Guardian / Psychokinesis /
Hydra eater / Bomb eater / Sheep eater / Giant killing / Devoted Affection /
God of Machine / Curse of mutural destruction / Frozen earth /
Parade of Apparition / Imperial Throne / Bond with Hades / Crystallize /
Huge erruption / Unbreakable Shield / Devilish / Meditation / Taunt / Parrying /
Encouragement / Shield Attack / Body handling / Heavy body /
Knowledge of the shield IV / Cover Move IV / Cover / Counter / Quick Change /
HP Enhancement small / MP Enhancement small / Blessing of Dark Green

Maple's STATUS

Lv58   HP 200/200   MP 22/22

[STR 0]   [VIT 14580]

[AGI 0]   [DEX 0]   [INT 0]

아픈 건 싫으니까

방어력에

올인하려고

합니다.

[글] 유우미칸   [일러스트] 코인

8

Welcome to
"NewWorld Online".

CONTENTS

All points are divided to VIT.
Because
a painful one isn't liked.

NewWorld Online STATUS

NAME 메이플 ‖ Maple ‖ LV **58**

HP 200/200 MP 22/22

STATUS

STR 000 VIT 14580 AGI 000 DEX 000 INT 000

EQUIPMENT

‖ 초승달 ^{skill} 히드라 ‖ 어둠의 모조품 ^{skill} 악식 ‖ 흑장미의 갑옷 ^{skill} 흘러나오는 혼돈

‖ 인연의 가교 ‖ 터프니스 링 ‖ 생명의 반지

SKILL

【실드 어택】【몸놀림】【공격 피하기】【명상】【도발】【고무】【헤비 보디】【HP강화(소)】【MP강화(소)】
【심록의 가호】【대형 방패의 소양Ⅵ】【커버 무브Ⅳ】【커버】【피어스 가드】【카운터】【퀵체인지】
【절대방어】【극악무도】【자이언트 킬링】【히드라 이터】【봄 이터】【쉽 이터】【불굴의 수호자】
【사이코 키네시스】【포트리스】【헌신의 자애】【기계신】【고독의 주법】【얼어붙는 대지】
【백귀야행Ⅰ】【천왕의 옥좌】【명계의 인연】【결정화】【대분화】【불괴의 방패】

NewWorld Online STATUS

NAME 사리 ‖ Sally ‖ LV **56**

HP 32/32 MP 130/130

STATUS

STR 110 VIT 000 AGI 170 DEX 045 INT 060

EQUIPMENT

‖ 심해의 대거 ‖ 해저의 대거

‖ 수면의 머플러 ^{skill} 신기루 ‖ 대해의 코트 ^{skill} 대해

‖ 대해의 옷 ‖ 죽은 자의 발 ^{skill} 황천으로 가는 걸음 ‖ 인연의 가교

SKILL

【질풍 베기】【디펜스 브레이크】【고무】【다운 어택】【파워 어택】【스위치 어택】
【연격검Ⅴ】【체술Ⅷ】【불 마법Ⅲ】【물 마법Ⅲ】【바람 마법Ⅲ】【흙 마법Ⅱ】【어둠 마법Ⅱ】
【빛 마법Ⅱ】【근력강화(대)】【연속공격 강화(대)】【MP강화(중)】【MP컷(중)】【MP회복속도강화(중)】
【독 내성(소)】【채집속도강화(소)】【단검의 소양Ⅹ】【마법의 소양Ⅲ】
【상태이상 공격Ⅷ】【기척 차단Ⅲ】【기척 감지Ⅱ】【발소리 죽이기Ⅰ】【도약Ⅴ】【퀵체인지】
【요리Ⅰ】【낚시】【수영Ⅹ】【잠수Ⅹ】【털 깎기】【초가속】【고대의 바다】【추인】【잔재주꾼】
【검무】【매미 허물】【웹 슈터Ⅶ】【얼음 기둥】【빙결영역】【명계의 인연】【대분화】【물 조종술Ⅳ】

‖NAME 크롬 | **HP** 940/940 | **MP** 52/52 | **LV 78**

STATUS

‖STR‖ 135 **‖VIT‖** 180 **‖AGI‖** 040 **‖DEX‖** 030 **‖INT‖** 020

EQUIPMENT

‖참수 skill 생명포식 ‖원령의 벽 skill 흡 혼

‖피투성이 해골 skill 영혼포식 ‖피로 물든 하얀 갑옷 skill 데드 오어 얼라이브

‖강건의 반지 ‖철벽의 반지 ‖디펜스 링

SKILL 【돌진 찌르기】【속성검】【실드 어택】【몸놀림】【공격 피하기】【대방어】【도발】【철벽체제】
【방벽】【아이언 보디】【헤비 보디】【HP강화(대)】【HP회복속도강화(대)】【MP강화(중)】【심록의 가호】
【대형 방패의 소양Ⅹ】【방어의 소양Ⅹ】【커버 무브Ⅹ】【커버】【피어스 가드】【카운터】【가드 오라】
【방어진형】【수호의 힘】【대형 방패의 극의Ⅶ】【방어의 극의Ⅵ】【독 무효】【마비 무효】【스턴 내성(대)】
【수면 무효】【빙결 무효】【화상 내성(대)】【채굴Ⅳ】【채집Ⅶ】【털 깎기】【정령의 빛】【불굴의 수호자】
【배틀힐링】【사령의 진흙】【결정화】【활성화】

‖NAME 이즈 | **HP** 100/100 | **MP** 100/100 | **LV 62**

STATUS

‖STR‖ 045 **‖VIT‖** 020 **‖AGI‖** 080 **‖DEX‖** 210 **‖INT‖** 080

EQUIPMENT

‖대장장이의 해머Ⅹ ‖연금술사의 고글 skill 심술쟁이 연금술

‖연금술사의 롱코트 skill 마법공방 ‖대장장이의 레깅스Ⅹ

‖연금술사의 부츠 skill 새로운 경지 ‖포션 파우치 ‖아이템 파우치 ‖블랙 글러브

SKILL 【스트라이크】【생산의 소양Ⅹ】【생산의 극의Ⅷ】【강화성공확률강화(대)】【채집속도강화(대)】
【채굴속도강화(대)】【생산량증가(중)】【생산속도증가(대)】【상태이상공격Ⅲ】【발소리 죽이기Ⅴ】
【멀리보기】【대장Ⅹ】【재봉Ⅹ】【재배Ⅹ】【조합Ⅹ】【가공Ⅹ】【요리Ⅹ】【채굴Ⅹ】【채집Ⅹ】【수영Ⅵ】
【잠수Ⅶ】【털 깎기】【대장장이 신의 가호Ⅹ】【관찰안】【특성 부여Ⅲ】

‖NAME 카나데 | **HP** 335/335 | **MP** 290/290 | **LV 49**

STATUS

‖STR‖ 015 **‖VIT‖** 010 **‖AGI‖** 075 **‖DEX‖** 050 **‖INT‖** 110

EQUIPMENT

‖신들의 지혜 skill 신계서고 ‖다이아 뉴스보이캡Ⅷ

‖지혜의 코트Ⅵ ‖지혜의 레깅스Ⅷ ‖지혜의 부츠Ⅵ

‖스페이드 이어링 ‖마도사의 글러브 ‖성스러운 반지

SKILL 【마법의 소양Ⅷ】【고속영창】【MP강화(중)】【MP컷(중)】【MP회복속도강화(대)】
【마법위력강화(중)】【심록의 가호】【불 마법Ⅵ】【물 마법Ⅳ】【바람 마법Ⅶ】【흙 마법Ⅴ】
【어둠 마법Ⅲ】【빛 마법Ⅶ】【마도서고】【사령의 진흙】【마법융합】

NAME 카스미 **HP** 435/435 **MP** 70/70 **LV** 72

STATUS

STR 205 **VIT** 080 **AGI** 090 **DEX** 030 **INT** 030

EQUIPMENT

| 지해의 요도·유카리 | 분홍색 머리장식 | 벚꽃의 옷 | 보라색 하카마 |
| 사무라이의 각반 | 사무라이의 토시 | 금 허리띠 | 벚꽃 문장 |

SKILL 【일섬】【투구 쪼개기】【가드 브레이크】【후리기】【간파】【고무】【공격체제】【도술X】
【일도양단】【투척】【파워 오라】【갑옷 베기】【HP강화(대)】【MP강화(중)】【독 무효】【마비 무효】
【스턴 내성(대)】【수면 내성(대)】【빙결 내성(중)】【화상 내성(대)】【장검의 소양X】【도의 소양X】
【장검의 극의V】【도의 극의V】【채굴IV】【채집VI】【잠수V】【수영VI】【도약VII】【털 깎기】
【멀리보기】【불굴】【검기】【용맹】【괴력】【초가속】【전장의 마음가짐】【심안】

NAME 마이 **HP** 35/35 **MP** 20/20 **LV** 44

STATUS

STR 385 **VIT** 000 **AGI** 000 **DEX** 000 **INT** 000

EQUIPMENT

| 파괴의 검은 망치VIII | 블랙돌 드레스VIII |
| 블랙돌 타이츠 VIII | 블랙돌 슈즈 VIII |

| 작은 리본 | 실크 글러브 |

SKILL 【더블 스탬프】【더블 임팩트】【더블 스트라이크】【공격강화(중)】【대형망치의 소양IX】
【투척】【비격】【침략자】【파괴왕】【자이언트 킬링】【디스트로이 모드】

NAME 유이 **HP** 35/35 **MP** 20/20 **LV** 44

STATUS

STR 385 **VIT** 000 **AGI** 000 **DEX** 000 **INT** 000

EQUIPMENT

| 파괴의 하얀 망치VIII | 화이트돌 드레스VIII |
| 화이트돌 타이츠 VIII | 화이트돌 슈즈 VIII |

| 작은 리본 | 실크 글러브 |

SKILL 【더블 스탬프】【더블 임팩트】【더블 스트라이크】【공격강화(중)】【대형망치의 소양IX】
【투척】【비격】【침략자】【파괴왕】【자이언트 킬링】【디스트로이 모드】

프롤로그

탑을 공략하는 제7회 이벤트를 끝마친 【단풍나무】 멤버들은 6층 보스를 속삭 격파하고 몬스터를 동료로 삼을 수 있다는 7층으로 진입했다.

호러 지역이어서 분위기가 우중충했던 6층과 달리 멤버들 눈앞에는 상쾌한 바람이 부는 초원이 펼쳐져 있었다. 초원에는 초식동물이 뛰어다니고 저 멀리 마을이 희미하게 보였다. 거기다 화산과 설산, 공중을 부유하는 섬 등, 지금 보이는 범위에서만도 다양한 지형이 있음을 알 수 있었다.

"오오! 여기서 몬스터를 동료로 만들 수 있는 거구나!"

"그런 것 같네. 운영에서 보낸 메시지를 보면 빨리 동료로 삼아 놓는 편이 좋나 봐."

"아직 자세한 건 모르지만, 테이밍 몬스터의 레벨도 올려야 할 테고 말이야. 어찌 됐건 빨리 움직이는 게 좋아."

7층 추가와 함께 운영에서 제8회 이벤트 개최 알림이 왔다. 자세한 내용은 아직 없지만 몬스터를 동료로 삼아 두면 유리해진다고 한다. 이미 파트너 몬스터가 있는 메이플과 사리는 시럽과 오보로를 불러내 마을로 걸어가기 시작한다.

"엇, 아무래도 우호적인 몬스터만 있는 건 아닌 모양이군."

"그래, 이쪽으로 오고 있어!"

""맞서 싸울게요!""

마을로 가는 여덟 명을 시험해 주겠다는 듯 뿔이 뾰족한 소들이 달려든다. 전원이 전투태세를 취하는 와중에 사리와 메이플이 제일 먼저 움직였다.

"시럽! 【대자연】."

"오보로! 【그림자 분신】!"

돌진하는 소를 발밑에서 뻗어 나온 두꺼운 덩굴이 옭아매 구속한다. 그리고 움직임이 멈추었을 때 다섯 명으로 분신한 사리가 단숨에 벤다. 소는 저항하며 몸을 크게 흔들고 뿔로 공격했지만 오보로가 만들어낸 분신밖에 파괴할 수 없었다.

"【퀸터플 슬래시】!"

사리가 결정타라는 듯 연이어 공격을 퍼붓자, 호전적이긴 해도 일반 몬스터일 뿐인 소들은 쉽게 HP가 전부 깎이고 빛이 되어 사라졌다. 메이플과 사리는 드롭된 아이템을 줍고 시럽과 오보로를 칭찬한다.

"좋아! 수고했어, 시럽!"

"오보로도 고마워."

메이플과 사리는 플레이어 둘이서는 할 수 없는 연계공격으로 깨끗이 몬스터를 격파했다.

두 사람이 시럽과 오보로를 동료로 삼고 나서 상당히 시간이 흘렀기 때문에 【단풍나무】 멤버들에게는 당연한 광경이지만, 누구나 이런 식으로 몬스터를 동료로 삼을 수 있다면 저절로 의욕이 생길 것이다.

"응, 역시 이런 모습을 보면 우리도 테이밍 몬스터가 갖고 싶어진다니까."

"그렇지. 뭐, 조건이 있을 테지. 지금 그 소는 동료가 될 것 같지 않았으니……."

"마을로 가죠! 가면 알 수 있을 거예요!"

"어쩌면 아이템이 필요할지도 모르고요."

"그렇지, 가자."

여기서 계속 이야기해 봐야 소용없다며, 여덟 명은 설레는 모습으로 걸음을 재촉해 멀찍이 보이는 마을로 이동했다.

1장 방어 특화와 7층.

　7층에 온 메이플 일행은 어서 탐색하고 싶다는 듯이 서두르는 발걸음으로 먼저 길드 홈으로 가서 얼른 활성화를 마쳤다. 7층 길드 홈은 대형 몬스터도 테이밍할 수 있게 방이 높고 넓었는데, 홰 같은 것도 달려 있었다. 몬스터를 기대하는 마음이 부푸는 가운데, 멤버 여덟 명은 각자 마을을 확인하러 나섰다.

　7층 마을 중앙에는 하늘을 찌를 듯이 우뚝 선 나무가 있고, 마을을 가로지르는 수로와 복잡한 돌길이 이어지는 가운데 위를 보면 마을 곳곳에 자란 나무들을 연결하는 다리가 나무 위 트리 하우스를 복잡하게 잇고 있다.

　"좋아―! 탐색하자―!"

　메이플은 새로운 마을이 흥미진진하다는 듯이 달려간다. 한동안 주위를 내다보며 길을 나아가자 곧바로 지금까지의 마을과 다른 부분이 눈에 띄었다. 마을에 배치된 NPC가 전부 무언가 몬스터를 데리고 있는 것이다.

　"오―! 시럽 같은 느낌이야!"

메이플은 NPC에게 말을 걸거나 가게를 돌아다니기도 하면서 얼추 정보를 모으고 일단 길드 홈에 돌아가기로 했다.

메이플이 돌아오자 길드 홈에서는 정보 수집을 끝낸 길드 멤버들이 기다리고 있었다.

"있지—! 모두—! 어땠어?"

메이플은 즐거운 모습으로 빨리 다 함께 공유하고 싶다는 듯이 뛰어 다가간다.

달려간 메이플에게 사리가 정보를 정리해서 이야기하기 시작했다.

"어서 와. 메이플도 이미 알겠지만, 역시 7층에서는 오보로나 시럽처럼 테이밍 몬스터를 입수할 수 있는 것 같아."

"맞아맞아! 여러 가지 방법으로 동료로 삼을 수 있대!"

"빨리 탐색하러 가고 싶어지네요!"

"후후, 유이는 신난 것 같네."

멤버들이 모은 것은 특별한 이벤트 정보가 아니었지만, 그래도 격파하고 동료로 삼는 패턴이나 아이템을 주는 패턴, 조건이 따로 있는 패턴 등 여러 종류가 있었다.

"시럽이랑 오보로는 알에서 태어났는데…… 다른 몬스터도 다 그럴까?"

"몬스터에 따라 다른 것 같아. 다만, 【인연의 가교】를 사용해서 동료로 삼는 건 똑같은 모양이니까 나는 오보로 말고는 동료로 삼을 수 없어."

"……?"

"아, 아직 확인 안 했어? 7층 추가에 맞춰서 【인연의 가교】 효과에 1인 1개 소지 제한 문구가 추가되었거든."

한 명이 하나밖에 소지할 수 없으면 메이플과 사리는 각자 시럽과 오보로의 반지가 있기 때문에 더 이상은 입수하지 못한다.

"그렇구나…… 응, 하지만 시럽이 있는걸!"

"그러니까 우리는 이 층에서 다른 사람들을 도우면 되겠지?"

"응! 그러자!"

"그럼 길드 목표는 모두 몬스터를 동료로 삼아서 제8회 이벤트에 참가하는 걸로 하는 게 어때?"

"응응! 좋은데! 찬성―!"

나머지 여섯 명도 이의가 없는 듯해서 길드 목표가 정해졌다. 제8회 이벤트를 위한 준비에 전력을 기울이는 것이다.

메이플과 사리는 이미 파트너 몬스터가 있어서 나머지 여섯 명을 도울 수 있다.

"이거 살았군. 강력한 몬스터 테이밍 조건이 '격파'라면 방패 유저인 나 혼자서는 힘들거든."

"그래, 다만 우선은 조금씩 넓게 탐색해야겠지. 다양한 몬스터를 보고 싶으니 말이다."

마을에서 멀리 떨어진 필드를 내다보면 마을에 오기 전에도 보았듯이 정상에 눈이 쌓인 험준한 산이나 화산처럼 다양한 환경이 존재한다는 것을 한눈에 알 수 있다. 정보 수집 결과, 사막이나 바다도 있다는 것을 알게 되었다. 이전 층들과 일관성이 없다는 것은 아마도 그에 따른 다양한 생태의 몬스터가 서식하고 있다는 뜻이리라.

"먼저 동료로 삼고 싶은 몬스터를 점찍은 다음에 찾는 방법도 있을지도. 나는…… 도서관이나 가 볼까."

"생산직을 지원해 주는 몬스터도 있을까……."

"우리도 힘내자! 언니!"

"그래, 유이."

각자 아직 보지 못한 파트너에 상상의 나래를 펼치며, 구역별, 혹은 경향별 몬스터의 세세한 정보 수집으로 넘어갔다.

◆ □ ◆ □ ◆ □ ◆ □ ◆

──그렇기는 해도 7층은 이제 막 추가되었을 뿐이다. 메이플 일행은 최신 구역에 있는 셈이므로, 정보도 직접 모아야 했다.

"어때? 파트너로 삼을 아이는 정했어?"

메이플은 정보를 찾으려고 게시판을 보고 있는 마이와 유이에게 말을 건다.

"메이플 씨! 저기, 아직이에요. 그래서 언니랑 같이 찾으러 갈까 하고요."

"그렇구나. 나도 도와줄게! 어딜 가든 지켜줄 수 있으니까!"

"고맙습니다. 그러면 정말 편해질 거 같아요."

마이가 꾸벅 고개를 숙이자 유이도 똑같이 고개를 숙인다. 메이플이라면 【포학】이나 시럽으로 이동 수단을 확보할 수도 있고, 【헌신의 자애】로 두 사람을 지킬 수도 있다.

"그럼 가자! 실제로 안 보면 어떤 아이를 파트너로 할지도 못 정할 테고!"

""네!""

그리하여 세 사람은 첫 탐색에 나섰다.

몬스터가 동료가 될지 안 될지는 HP 게이지 옆에 마크가 있는지 없는지로 판단할 수 있다.

"메이플 씨가 시럽을 동료로 삼았을 때는 어땠나요?"

"제2회 이벤트에서 엄청 센 새 보스의 둥지 안에서 알을 발견했어. 오보로도 똑같고!"

"역시 희귀한 몬스터는 특별한 장소에 있을까요?"

"메이플 씨 때를 생각하면 그럴 것 같은 느낌이 드는걸."

"좋아, 그럼 여기저기 탐색해 보자!"

메이플은 【헌신의 자애】를 발동하고 마이와 유이와 함께 마주치는 몬스터를 확인해 나간다.

"동료가 된다는 건 알아도, 어떻게 동료가 되는지 모르면 힘들구나."

"그러네요……. 쓰러뜨려야 할 때도 있을 것 같으니까요."

마이와 유이는 몬스터 격파가 특기지만, 특수한 조건이 제시되는 경우는 어렵다. 공격력 특화이기 때문에 하지 못하는 일도 많은 것이다.

"우선 저기 있는 숲 쪽으로 안 가실래요? 숲속이라면 동물도 많을 것 같아요!"

"그러네! 그러자! 동료로 삼을 때 쓰는 아이템도 샀고…….
좋아, 모처럼 만났는데 동료로 못 만들면 슬프니까!"

"메이플 씨는 더 필요 없지 않나요……?"

"에헤헤, 언제든 도울 수 있게 사 놨어!"

메이플은 유이가 말하는 방향으로 진로를 틀고 마을 근처에 펼쳐진 광대한 숲으로 향했다. 물론 도중에도 세 사람은 동료로 삼을 수 있는 몬스터가 없는지 눈을 빛내고 있었다.

숲은 빛이 아주 조금만 들어 어둑어둑하고 수풀도 많았다.

때때로 메이플 일행을 덮치려고 몬스터가 달려들었지만 지금의 메이플 일행은 눈길도 주지 않았다. 목표는 동료로 삼을 수 있는 몬스터인 것이다.

"아! 있어요!"

"어!? 어디어디!?"

메이플이 유이가 가리키는 방향을 보자 나무에 앉아 있는 작은 새 몬스터가 있었다.

HP 게이지 옆에는 동료로 삼을 수 있다는 걸 나타내는 마크가 빛나고 있다. 그러나 메이플 일행이 뭔가 행동을 취하기도 전에 작은 새는 날아가 버렸다.

"앗…… 가 버렸어요……."

"응…… 아쉬워……. 다음에는 미리 아이템을 준비하자!"

메이플은 그렇게 말하고 몬스터 테이밍용 아이템을 꺼내서 다음번에는 동료로 삼을 수 있도록 준비했다.

"앗, 하지만 한 사람이 하나만 동료로 삼을 수 있었지……. 어떡할래?"

"음, 여러 가지를 보고 나서 정하고 싶어요!"

"저도……. 한 번 동료로 삼고 나서 놔주는 건 미안한 기분이 들어서……."

"그럼 파트너 찾기 재개!"

세 사람은 더욱 다양한 종류의 몬스터를 찾아, 숲 깊숙이 들어간다. 도중에 아까 도망친 새나 늑대 같은 동물 타입부터 나비 같은 곤충 타입, 개구리나 도마뱀 타입 몬스터도 있었다.

"이 근처에는 현실에 있을 법하게 생긴 몬스터가 많은 걸까? 좀 더 괴물! 같은 느낌이 드는 것도 어딘가에는 있을지도."

"다양한 구역이 있는 것 같았으니까요……. 하지만 저는 귀여운 동물이면 되지 않을까 해요."

"저도 언니랑 같아요!"

"그럼 역시 이 구역이려나. 제법 돌아다녔는데……."

뭔가 마음이 끌리는 아이가 없냐고 물으려던 메이플 앞을 아기곰 한 마리가 재빠르게 지나갔다. 아기곰이 지나간 길에는 발자국이 반짝반짝 빛나고 있어서, 지금까지 몇 번이나 봤던 작은 새 같은 몬스터와는 다른 분위기가 느껴진다.

"메이플 씨!"

두 사람이 메이플 쪽을 돌아본다. 말하지 않아도 무슨 말을 하고 싶은지 안다.

"응! 쫓아가자!"

세 사람은 빛나는 발자국을 따라서 숲속을 여기저기 돌아다녔다. 그렇게 길 없는 길을 이동했지만 어느새 빛나는 발자국이 사라져서, 아기곰을 완전히 놓쳐 버렸다.

"우우, 안 되나. 어쩐지 레어 같았지?"

"유감이에요……. 한 번 더 만날 수 있으면 좋겠지만요."

"메이플 씨! 조금만 더 찾는 거 도와주실 수 있을까요!"

두 사람 다 파트너로 하고 싶은 몬스터를 정한 듯해서 메이플은 흔쾌히 받아들였다. 아직 아이템이 필요한지 어떤지도 알 수 없다. 몇 번이나 찾아야 하겠지.

"물론! 그리고 하나만 말고 두 사람 걸 다 찾자!"

메이플의 말에 마이와 유이는 기쁜 듯이 웃는다.

"숲속 깊숙한 곳을 찾으면 되려나? 아까도 안쪽에서 나왔으니까."

그런데 마이가 무슨 생각이 떠올랐는지, 의욕에 가득 차 탐색을 시작하려는 메이플에게 말했다.

"아…… 하지만, 저희 발로는 못 따라잡을지도 몰라요……."

"아, 도망치는 게 빨랐지……."

수풀과 나무로 가득한 숲속에서는 【포학】을 발동해도 몸이 너무 커서 잘 움직일 수가 없다. 플레이어나 몬스터를 후려쳐 넘어뜨릴 수는 있어도 세세하게 방향을 틀어서 무언가를 쫓아가기는 일에는 안 맞는다.

"역시 일단 돌아가서 이즈 씨에게 뭔가 아이템이 없는지 물어볼까. 또 도망치면 슬프니까."

"어쩔 수 없네요. 선착순이 아니면 좋겠는데요."

"괜찮을 거야! 그리고 다음에는 사리한테도 도와달라고 하자! 사리는 발이 빠르니까!"

메이플은 그렇게 말하고 일단 셋이서 마을로 돌아갔다.

메이플 일행이 길드 홈으로 돌아와 이즈의 방인 공방으로 가자 온갖 기구를 풀가동하여 무언가를 만드는 이즈가 있었다.

바빠 보이는 모습에 말을 걸지 말지 망설이고 있자, 완성되기까지 기다리는 시간인지 쭈욱 기지개를 켜고 공방에서 나오려던 이즈가 세 사람을 알아차렸다.

"아, 안녕 얘들아. 미안해, 온 줄 몰랐네……. 할 일이 좀 많아서."

"저기, 새로운 아이템인가요?"

"마이, 정답! 7층에 들어오고 나서 장비랑 아이템 도안이 많이 추가됐어. 몬스터를 따르게 하는 아이템이라든지, 레어 몬스터 출현 확률을 올리는 거라든지……. 가게에서는 못 사는 것도 많아서 즐겁지만, 일이 많아."

물론 길드 멤버를 위해서이기도 하지만, 순수하게 제작에 열중하는 면도 있다. 조금만 있으면 도움이 되는 아이템과 장비를 줄 수 있을 거라고 이즈는 자신 있게 말한다.

"그랬군요. 저희도 마침 좋은 아이템이 없는지 물어보러 왔어요!"

메이플이 사정을 말하자 이즈는 아이템과 장비를 내주었다.

마시면 잠시 【AGI】가 올라가는 물약과 몬스터에게 던져서 【AGI】를 떨어뜨리는 아이템 등, 여러 방향으로 해결책을 제시해 주었다. 물론 전부 고랭크 생산직인 이즈가 만든 것이라 효과가 좋아서 두 사람의 느린 발을 보완하는 데 틀림없이 도움이 될 것 같았다.

"우선 【AGI】를 올릴 거라면 이 장신구를 달면 좋아. 우리 길드는 장비를 전혀 안 바꾸지만……. 장소에 따라서 장비를 조정하는 것도 중요한 일이야. 잠깐만 기다리렴……."

이즈는 장비의 색상을 변경해 두 사람에게 맞추고 나서 건네준다.

""고맙습니다!""

마이와 유이가 곧장 장비를 달고, 빨라진 움직임을 몸에 익히려는 듯이 공방 안을 조금 걸어 본다. 각자의 머리에 머리색에 맞춘 토끼 귀가 쏙 튀어나오고, 같은 색깔의 둥근 꼬리가 치마 위에 뿅 나타난다. 두 사람이 걸을 때마다 원래 달려 있던 리본들과 함께 흔들리는 귀와 꼬리가 귀엽다.

"오—! 좋은걸!"

"하지만 장신구로 조금만 올린 거라서 7층의 기준 레벨과 비교하면 부족할 거야. 필요할 것 같으면 또 장비를 마련해 줄 테니까 말하렴."

"네, 정말 고맙습니다!"

"힘낼게요……!"

마이와 유이는 이즈에게 몇 번이나 감사 인사를 하고, 다음 번에는 아기곰을 따라잡아 주겠다고 단단히 벼른다. 애초에 따라잡기만 한다고 동료가 되어 줄지는 모르니까, 하나라도 더 시험해 볼 수밖에 없다.

"잘되면 좋겠네."

"우리도 소재라든지 모아 올게요! 또 새로운 게 늘어났으니까요!"

메이플은 그렇게 약속하고 셋이서 공방을 나왔다.

다음으로 사리에게도 도와 달라고 메시지를 보내려 했을 때 마침 사리가 길드 홈에 들어왔다.

"아, 사리! 마침 잘됐다!"

"응? 무슨 일 있어?"

"있잖아, 사실은……."

메이플이 숲에서 있었던 일을 이야기하자, 사리는 흥미롭다는 듯이 고개를 끄덕인다.

"정보 게시판에도 안 나왔었고, 레어일지도. 한 번 더 만나기는 어려울 것 같지만…… 찾아내고 싶은걸."

"그치—! 그래서, 따라잡으려면 사리도 지금부터 도와줬으면 하는데……."

메이플이 그렇게 말했을 때 사리가 고개를 가로저었다. 사리는 곧 있을 시험 공부를 하려고 이제 로그아웃한다고 했다.

"메이플도 준비해야 하잖아?"

"우우…… 맞아. 지금 좋은 타이밍인데……."

메이플도 그러고 보니 그랬다며 머리를 긁는다. 마이와 유이를 도와주기가 어려워지고 말아서 어떡할지 생각한다.

"괜찮아요! 이즈 씨에게 받은 아이템도 있으니까요!"

"맞아요……. 저희는 충분히 도움을 받았는걸요."

두 사람이 그렇게 말하는 것을 듣고 메이플은 생각하기를 관두고 한 번 크게 고개를 끄덕였다.

"응, 알았어! 그럼 나도 좋은 소식을 기대하고 있을게!"

"기대해 주세요!"

"히, 힘낼게요!"

메이플은 두 사람에게 작별 인사를 하며 손을 흔들고 사리와 함께 로그아웃했다.

남겨진 두 사람은 조금 불안해하면서도 의욕적인 표정으로 필드로 향했다.

"꼬—옥 파트너를 찾자, 언니!"

"응, 힘내자."

하지만 둘만 있을 때 7층 몬스터에게 공격을 받으면 일격에 쓰러지고 만다.

두 사람도 그 사실을 잘 알고 있어서, 그러지 않으려면 먼저 쓰러뜨릴 수밖에 없다. 그래서 필드로 나가자마자 두 사람은 새로운 스킬을 발동했다.

""【디스트로이 모드】!""

두 사람이 입수한 메달 스킬. 발동과 함께 붉은 스파크가 튀고 몸과 무기를 진홍빛 오라가 덮어간다. 압도적인 위압감을 발하는 두 사람은 오라를 내뿜으며 필드를 이동한다. 물론 이 스킬은 모양만 번드르르한 게 아니다.

디스트로이 모드
【결전사양】

발동 중 공격 범위 확대. 스킬 재사용 시간 대폭 단축.

【VIT】 반감. 받는 대미지 2배.

원래라면 심한 디버프 효과도 애초에 대미지를 받으면 끝장인 두 사람에게는 없는 거나 마찬가지다. 몬스터는 아랑곳없

이 필살의 대형망치 두 자루를 겨누고 있는 두 사람을 덮쳐든다.

"온다, 유이."

"응! 나한테 맡겨…… 이얍!"

달려든 늑대형 몬스터를 향해 휘두른 대형망치는 아주 조금 아래를 스치면서 직격하지는 못했다. 그러나 무기가 두른 오라가 닿은 순간 큰 소리를 내며 늑대가 튕겨 날아갔다. 그리고 늑대는 그대로 지면을 굴러가 빛이 되어 터졌다.

"굉장해! 맞는 부분이 꽤 커졌어!"

"응…… 이러면 우리도 맞히기 쉬워졌네!"

공격 범위가 넓어진다는 것은 그만큼 사각(死角)이 줄어든다는 뜻. 그야말로 공격은 최대의 방어라는 뜻이다.

기뻐하는 두 사람을 보고 필드에 있던 다른 플레이어들이 웅성댄다. 이렇게 특징이 뚜렷한 2인조는 마이와 유이 말고 있을 리가 없고, 안 그래도 통상 공격도 즉사급인 두 사람의 공격 범위가 넓어진 것을 눈앞에서 봤으니 당연할 수밖에.

그러나 두 사람은 숲 구역의 아기곰 찾기에 정신이 팔려 있었기 때문에 주위의 시선을 알아차리지 못했다.

그리고 두 사람은 숲속으로 들어가 아기곰을 찾기 시작했다. 메이플이 없기 때문에 이번에는 주의 깊게 몬스터의 기척을 찾아야 한다. 몬스터에 공격받을 수는 없다.

"메이플 씨가 돌아올 때까지 동료를 찾자!"

더는 참을 수 없다는 듯이 유이가 눈을 빛내자, 마이도 덩달아 고개를 끄덕인다.

"으음, 좀 깊숙한 데 있었지……?"

"응, 아직 한참 남았을 거야."

그리고 걸어가다 보니 수풀이 부스럭 흔들려 두 사람은 등을 맞대고 경계했다. 그때 수풀에서 멧돼지 몬스터가 튀어나왔다.

""에잇!!""

두 사람은 등을 맞댄 채 빙글빙글 회전해서 대형망치를 휘두른다. 정확하게 조준하는 것이 아니라, 무기 두 자루와 커진 공격 범위의 위용으로 몬스터가 튀어나오는 공간을 채운 것이다.

도망칠 곳이 없으면 일격을 맞는 것이 당연지사. 그리고 보통 몬스터가 두 사람의 공격에 버티지 못하는 것 또한 당연한 일이다.

이번에도 평소처럼 몬스터가 터져 사라지고, 두 사람은 안도의 한숨을 내쉬었다.

"다행이다……. 또 숲까지 오려면 시간이 걸리니까."

"크, 빨리 나왔으면 좋겠는데."

그 후 조마조마하면서도 어떻게든 몬스터를 처리하기를 여러 번, 마침내 지난번에 아기곰을 발견했던 구역까지 왔다.

"이 근처였을 텐데……."

"응, 이제 나와 줄지 아닐지만 남았는데."

두 사람이 경계하면서 아기곰을 찾고 있을 때 부스럭 하고 수풀이 흔들리는 소리가 나고 땅에서 하늘로 올라가는 별이 보였다.

""앗!!""

정말 순식간의 일이어서 이즈에게 받은【AGI】하락 아이템을 던질 새도 없이 아기곰은 더 앞에 있는 수풀로 도망쳐 버렸다. 두 사람은 황급히 자신의【AGI】를 올리는 포션을 마시고 수풀을 와삭와삭 헤치며 발자국에서 반짝반짝 하늘로 날아오르는 별을 표식 삼아 쫓아간다.

"앗, 유이! 몬스터!"

"방해하지 마!【비격】!"

유이에게 맞춰 마이도【비격】을 발동해 달려드는 몬스터를 네 개의 충격파가 날려 버린다. 두 사람은 서둘러 발자국을 쫓아 숲을 달려갔지만 몇 번이나 다른 몬스터가 덤벼서 좀처럼 따라잡을 수가 없었다.

"우우, 또 도망치잖아!"

"아! 유이, 위험해!"

"엑? 꺄악!?"

초조해진 나머지 주의가 산만해졌을 때 뒤에서 공격한 몬스터에게 반응하지 못하고 공격을 맞아 버렸다. 아무리 공격력이 올라갔어도 공격을 한 대 맞으면 그걸로 끝장이다.

"앗, 유이! 히약!"

유이에게 정신이 팔린 마이도 똑같이 쓰러져 버려, 둘이서 나란히 7층 마을로 돌아오고 말았다.

두 사람은 눈을 뜨자 각자 분하기도 하고 아쉽기도 한 표정으로 벤치에 털썩 주저앉았다.

"아―! 못 잡았어……."

"한 번 더 가 볼래?"

"물론! 실망할 순 없어! 금방 포기하면 동료로 못 만드는걸!"

"그치. 나도 그렇게 생각해."

일단 자력으로 따라잡을 수 있을 때까지 추적을 계속하기로 결심한 두 사람은 다시 한번 숲으로 향했다.

물론 메이플을 기다리는 것이 유리하겠지만, 둘이서도 잘 탐색할 수 있게 익숙해지고 싶다는 생각도 있었다.

결과적으로 그 후 두 번 죽어서 돌아왔고, 세 번째로 들어갔을 때 아기곰을 전혀 찾을 수 없게 되고 말았다. 두 사람은 숲속에서 두리번두리번 주위를 둘러보며 어쩔 줄 몰라 했다.

"왜일까? 전혀 안 나오네."

"장소는…… 여기가 맞을 텐데."

그리고 두 사람은 어떤 생각에 다다랐다. 어쩌면 뭔가 조건에 따라 출현 여부가 달라지는 게 아닐까 하는 생각이다.

"지금까지는 운이 좋았을 뿐……은 아닌 것 같고……. 내일 다시 비슷한 시간에 와 볼까?"

"그러자! 같은 조건에서 안 나오면 그때 다시 생각하자."

아기곰과 동료가 되는 것을 목표로 정했다. 이제부터는 목표를 향해 일직선으로 갈 뿐이다.

"오늘은 이제 끝낼까?"

마이가 그렇게 묻자 유이는 잠시 생각한 뒤 제안했다.

"이 근처 몬스터랑 싸우는 연습하고 갈래? 전에 사리 씨도 익숙해지는 게 중요하다고 했잖아!"

"그러네. 그리고 레벨도 올려야지."

"그럼 결정! 입수한 소재는 이즈 씨에게 드려서 또 뭔가 만들어 달라고 하자!"

이렇게 해서 두 사람은 아기곰을 동료로 삼기 위해 숲의 몬스터에게 익숙해지기 위한 특별 훈련을 시작했다.

다음 날도 숲으로 향한 두 사람은 출현 확률이 낮아 익숙해지지 못했던 몬스터와 수풀과 나무 위 기습에 여러 번 죽으면서도 다시 아기곰이 있었던 숲속에 당도했다.

"이, 이번에는…… 꽤 오래 걸렸네."

"응, 아직 연습이 더 필요하겠어."

어쨌거나 넓은 숲속에서 술래잡기 시작 지점을 파악할 수 있어서 그나마 다행이다. 정처 없이 찾아다닐 필요가 없다는 것은 전투 횟수가 많아질수록 사고가 일어나기 쉬운 두 사람에게 중요한 일이었다.

"앗! 있다!"

"다행이다……."

두 사람 앞에 어제와 똑같이 아기곰이 나타난다.

아무래도 출현하는 데는 시간대와 관계가 있는 모양이다.

두 사람은 이번에야말로 잡겠다며 아기곰의 발자국을 쫓아간다. 도중에 튀어나온 몬스터도 어제 움직임을 몸에 단단히 익혀놓은 것이 통했는지 어떻게든 격파할 수 있었다.

그리고 숲속을 쭉쭉 나아가자 이윽고 발자국은 숲 너머의 산 쪽으로 이어졌다.

"꽤 많이 온 건가?"

"응…… 여기까지 온 건 처음이네."

두 사람은 경사가 지기 시작한 숲속 길을 별이 떠오르는 발자국에 의지하며 나아간다.

그리고 발자국을 쫓던 두 사람은 산 중턱에 있는 작은 동굴에 당도했다.

"들어가자!"

"응……!"

두 사람은 대형망치를 꽉 쥐고 동굴 안을 걷는다. 동굴 속은 발자국에서 떠오른 빛이 반짝반짝 빛나며 지면과 벽을 비추고 있었다.

길이 차츰 넓어지고 빛도 강해졌다. 그리고 맨 안쪽에 당도한 두 사람의 눈에 빛나는 별의 요람 속에서 잠든 아기곰의 모습이 보였다. 조금 넓은 침실 같은 공간에서 눈부신 빛이 넘쳐나고 있다.

""있다!""

그 목소리에 반응하듯 아기곰이 일어나 두 사람을 쳐다봤다. 직후 방의 빛이 급격히 강해지더니 아기곰 쪽으로 모여들었다.

두 사람이 눈부심에 한순간 눈을 감은 사이에 아기곰은 급성장하더니 덩치가 커져 낮게 울부짖었다. 몸에서는 별이 흩날리고, 귀 끝과 몇 개의 털끝은 빛처럼 변해 흔들리고 있다.

"성장했어!?"

"셀 것 같아…… 어쩌지!"

두 사람은 따라잡으면 동료로 삼을 수 있을 거라 생각했지만, 눈앞에서는 세 보이는 몬스터가 된 곰이 이쪽을 노려보고 있다. 키는 3미터에 가깝고, 커다란 몸에서 위압감이 뿜어져나온다.

아이템도 아직 충분하지 않은데 어떻게 동료로 삼으면 좋을지 생각하고 있을 때 눈앞에 파란 패널이 나타났다.

　패널은 퀘스트 같은 형식으로 두 사람이 몬스터를 동료로 삼는 방법을 알려주고 있었다. 그 내용을 본 두 사람의 표정이 확 밝아졌다.

　힘을 보인다. 그것은 두 사람이 가장 잘하는 일이다.

　"간다, 언니!"

　"응! 힘 조절을 못 하는데……."

　""미안해!""

　그 직후, 동굴 밖까지 묵직한 소리가 울려 퍼졌다.

　"괘, 괜찮을까?"

　"모……모르겠는데……."

　눈앞에는 조금 전에 일격으로 때려눕힌 곰이 누워 있다. 위력이 너무 강했나 걱정하는 두 사람 앞에서 주위의 벽과 바닥이 다시 강하게 빛나기 시작한다. 그리고 곰은 느릿느릿 일어나 두 사람에게 천천히 다가오더니 머리를 슥슥 비비고는 작게 울음소리를 한 번 내고 완전히 빛이 되었다.

　"으으……."

"어, 어떻게 된 거야?"

빛이 잦아들고 두 사람이 천천히 눈을 뜨자 땅에 반지가 하나 떨어져 있었다.

메이플과 사리가 끼고 있는 것과 똑같은 반지였다.

""해냈다!""

두 사람은 반지를 주워 들고 웃으며 손을 마주쳤다. 하지만 아직 목표의 절반밖에 달성하지 못했다. 두 사람 모두 입수해야 하니 아직 동료 찾기는 끝나지 않았다.

"좋았어, 언니! 이대로 한 번 더 깨자!"

"응, 여기까지만 오면 괜찮으니까…… 할 수 있을 것 같아!"

도중에 조금 힘들었을 뿐 동료로 삼는 데는 별로 고전하지 않았기 때문에 두 사람의 의욕도 아직 충분하다.

두 사람이 깨달을 일은 없겠지만, 레어 몬스터를 동료로 삼는 전투가 이렇게 편할 수는 없다.

그렇다. 다시 말해 결국 평소처럼 무언가가 발동하기 전에 일격필살로 전부 뛰어넘고 끝내버린, 두 사람밖에 할 수 없는 방법이었던 것이다.

한 번 클리어하면 의욕도 생기는 법이라, 두 사람은 그대로 내친김에 두 번째도 클리어해서 둘이서 나란히 몬스터를 동료로 삼을 수 있었다.

"아―! 피곤해―!"

"하지만…… 우리끼리 어떻게든…… 해냈네."

두 사람은 길드 홈 거실에 있는 소파에 앉아 서로 반지에 담긴 【인연의 가교】를 보고 만족스럽게 웃는다. 그리고 목적을 달성하여 한숨 돌리고 있을 때, 안쪽에서 똑같이 해냈다는 듯한 표정으로 이즈가 모습을 나타냈다.

"어머, 두 사람. 공략은 순조롭니?"

"완벽해요! 저도 언니도, 보세요!"

"동료를 만들고 왔어요!"

그렇게 말하고 반지를 보여주며 공략 이야기를 하자 이즈도 자신이 준 아이템과 장비가 도움이 됐다는 사실에 기쁜 듯이 고개를 끄덕인다. 그리고 마침 잘됐으니 두 사람이 시험해 줬으면 하는 물건이 있다고 이야기하기 시작했다.

"동료가 된 몬스터의 외형을 바꿀 수 있는 아이템이 이제야 얼추 완성됐어. 이야기를 들어보니 두 사람 다 똑같은 몬스터 같은데, 지금 시험해 보는 건 어떠니?"

"네! 좀 보고 싶어요!"

"저도…… 보고 싶어요."

"정해졌네. 그럼 따라올래?"

이즈는 두 사람을 데리고 공방에 들어가더니 테이밍 몬스터를 불러내도록 했다.

"아, 그러고 보니 아직 이름을 안 지었네."

"동료로 삼는 생각밖에 안 했으니까……."

두 사람은 외형 변경이 끝나면 정하자고 생각하며 몬스터를 불러냈다. 두 사람의 발밑에는 귀여운 아기곰이 두 마리 나타나 각각 몸을 슥슥 비비며 애교를 부리는 모습을 보여주었다.

"그 타입이라면…… 이펙트 컬러링과 모피 색깔이겠다."

"좋아하는 색으로 할 수 있다는 뜻이에요?"

"그래. 이제부터 계속 함께 싸울 거니까, 완전하게 마음에 드는 쪽이 좋다는 거지."

7층 추가와 동시에 동료로 삼은 몬스터는 마을 안에서 스킬을 발동할 수는 없지만, 같이 다니는 기능이 추가되었다. 동료가 되고 끝인 게 아니라 플레이어에게 소중한 존재로 만들 수 있는 것이다.

두 사람은 이것도 별로고 저것도 별로라며 고민했지만 마지막에는 자신들과 똑같은 색 조합에 정착했다.

마이는 윤기 나는 검은 털에 털끝과 스킬이 녹색으로 빛나는 이펙트를 고르고, 유이는 북극곰 같은 하얀 털에 핑크색 이펙트를 선택했다.

"좋아ー! 그럼 이 애의 이름은 유키미!"

"나는…… 츠키미로 할까."

"좋은 이름이라고 생각해. 두 사람답고."

이름을 붙이고 나서 두 사람이 웅크려 머리를 쓰다듬으면서 새로 이름을 불러 주자, 기쁜 듯이 머리를 부빈다.

"에헤헤…… 앞으로 잘 부탁해."

"많이 의지할게—!"

한바탕 쓰다듬고 나서 문득 의문이 생겼는지 마이가 묻는다.

"다른 사람들은…… 아직 몬스터 동료를 안 구했나요?"

"그러게. 나는 방금까지 공방에 틀어박혀 있었고, 크롬도 아직 헤매고 있는 것 같아. 카나데는 어디 갔는지 모르겠고…… 카스미는 기분 전환 삼아 4층에 간 뒤론 못 봤어."

"그럼 이번에는 저희가 도울 차례네요!"

"소재랑 정보를 모아 올게요. 이제부터 츠키미랑 유키미의 레벨도 올려야 하고요."

"기대할게. 7층도 넓어서 처음부터 하려면 힘들 거야."

""힘낼게요!""

마이와 유이는 아직 할 일이 많다. 동료로 삼은 츠키미, 유키미와 연계공격도 연습해야 한다. 하지만 두 사람은 즐겁게 눈을 빛내고 있었다.

2장 방어 특화와 추가.

　마이와 유이가 츠키미와 유키미를 동료로 삼았을 무렵, 일시적으로 최전선에서 물러나 4층에 있는 멤버가 한 사람 있었다.

　"하아, 이 층에서 테이밍을 할 수 있으면 최고일 텐데……무리한 이야긴가."

　현재 알고 있는 7층의 정보를 얼추 확인했을 때, 딱 꽂히는 몬스터가 없었던 카스미는 4층 요괴 마을에 와 있었다. 이 층 몬스터에 좋아하는 타입이 많아서 동료가 될 수 있다면 좋을 텐데 하고 와 봤지만 어느 몬스터에도 동료로 삼을 수 있는 마크는 보이지 않았다. 알고 있긴 했지만 카스미는 그래도 아쉬운 듯이 어깨를 떨군다.

　"한동안 느긋하게 있다가 돌아갈까……."

　아직 발견되지 않은 7층 몬스터 중에 원하는 몬스터가 있을지도 모른다. 차근차근 탐색해 나갈 수밖에 없다.

　카스미는 기력을 보충하기 위해 근처에 있는 가게로 발걸음을 옮긴다.

"어디 보자……. 추가된 아이템은 이 정도인가."

카스미는 새 맵이 추가되거나 이벤트가 있을 때마다 4층에 와서 새로운 가구 아이템이 늘어나지 않았는지 체크하고 있다. 그때마다 가구 아이템을 위해서 조금씩 퀘스트를 깨기도 해서, 이 층에 한해서는 누구보다도 구석구석 탐색했다고 해도 과언이 아니었다.

"추가된 퀘스트가 없는지도 보고 올까."

7층까지 추가된 지금에 와서는 4층 몬스터도 약하게 느껴지는 법이다. 카스미는 숨 돌리기로 이전에 많은 퀘스트가 발생했던 술집으로 향했다. 다종다양한 요괴들이 각각 테이블에서 시끌벅적 떠들고 있었다.

카스미에게는 이미 익숙한 대화이고 익숙한 얼굴들이었지만, 문득 술집 구석 테이블에 시선이 머물렀다. 그곳에는 능숙하게 의자에 앉아 있는 커다란 개구리가 있었다.

"저건…… 처음 보는 얼굴이군……."

카스미가 그 테이블 쪽으로 다가가자 파란 패널이 불쑥 뜨더니 퀘스트명이 표시된다.

"【머나먼 땅의 안개 속에서】? ……이번에 맞춰서 새로 생긴 건가……?"

카스미는 웃음을 짓고는 기대를 가슴에 안고 퀘스트를 수락했다. 그러자 눈앞의 개구리가 말을 걸었다.

"오우, 듣고 싶은 이야기라도 있나?"

"그래, 그런 참이다."

"케켁, 그렇군……. 재미있는 이야기가 있어……. 뭐 믿을지는 모르겠지만 말이야."

그렇게 말하고 개구리는 안개가 자욱하게 낀 어느 계곡 깊은 곳에 관한 이야기를 하기 시작했다.

"듣기로 괴물이 있다는 거야. 그런 게 어디 있겠냐고 담력시험을 하러 갔단 말이지. 그런데…… 거기에는 있어. 그것도 소름이 끼쳐서 움직이지도 못하게 되는 놈이 말이야."

카스미는 자세히 이야기해 달라고 이야기를 재촉했지만 거기서 개구리는 입을 다물었다.

"당신, 갈 생각이지? ……케켁, 관둬. 힘이 없으면 살아서 돌아오지도 못할걸. 뭐…… 더 듣고 싶으면…… 당신이 세다면 이야기해 주지."

그렇게 말했을 때 퀘스트 내용이 갱신되었다. 내용은 지정된 몬스터를 잡고 오라는 것인데 4층뿐만 아니라 5층, 6층에도 가야 했다.

잠시 숨을 돌릴 작정이었던 카스미는 놀란 얼굴을 했지만 다음 순간 이 퀘스트를 진행하지 않을 수는 없다며 술집에서 뛰쳐나갔다. 예상대로 최신 퀘스트를 발견할 수 있었다는 사실에 설레어 자연스럽게 웃음이 흘러나온다.

"후훗…… 뒤지면 뱀이라도 튀어나올까……."

우선은 4층부터 가야겠다고, 카스미는 더욱 속도를 올려 필드로 향했다.

"우선은…… 흠, 서쪽의 꼬마도깨비인가."

4층에서 해야 하는 일은 잡몹인 꼬마도깨비 격파다. 하지만 하나하나는 잡몹이라도 한꺼번에 많이 나타나는 성질이 있어서 솔로일 때는 무시할 수 없다. 카스미가 목적지에 도착하자 꼬마도깨비가 또 꼬마도깨비를 불러 우글우글 모여든다.

이번에는 첫 번째 꼬마도깨비를 잡고 나서 일정 시간 내로 목표 숫자만큼 꼬마도깨비를 잡아야 한다. 카스미는 칼을 뽑고, 피어오르는 연기와 함께 모습을 바꾸고 꼬마도깨비를 노려보았다.

"【무사의 팔】, 【심안】!"

카스미는 전투태세에 들어가 팔 두 개를 소환하고 지난번 메달로 획득한 스킬을 발동했다.

【심안(心眼)】

효과시간 1분. 5분 후 재사용 가능.

몬스터의 공격과 플레이어의 스킬 공격의 명중 범위를 사전에 보여준다.

【심안】을 쓴 카스미의 시야에는 꼬마도깨비가 쇠몽둥이를 내리치는 궤도가 미리 붉게 표시되어 있다. 즉, 그 안에만 안 들어가면 대미지를 받을 일이 없다는 뜻이다.

"사리의 시야는 이런 느낌이겠지…… 【혈도(血刀)】!"

에워싸이긴 했지만 위험한 곳은 전부 보인다.

카스미는 침착하게 몸을 틀어 회피하고, 【혈도】를 발동해 칼을 액체처럼 바꿔 채찍을 휘두르듯 광범위하게 꼬마도깨비를 후려친다. 근처에 있는 꼬마도깨비는 양쪽에 떠 있는 팔이 알아서 칼로 베어 준다.

카스미는 단지 공격력만 올리는 것이 아니라 보다 전투를 안정적으로 만들기 위해 메달 스킬을 이용했다. 근거리와 중거리 모두 대응할 수 있는데다 방어 능력도 올라간 카스미의 솔로 성능은 상당히 높다.

"1분…… 좋아, 【심안】 효과 중에 끝났나."

탁 소리를 내며 칼이 칼집에 들어갔을 때, 우글우글 모여 있던 꼬마도깨비는 전부 빛이 되어 사라져 있었다.

"역시 【혈도】는 편리하군. 다음은 5층인가."

카스미는 첫 번째 과제를 가볍게 해치우고 5층으로 갔다.

그리고 카스미는 5층에서 지정된 장소를 향해 걸어갔다. 이곳의 목표는 던전 가장 안쪽에 있는 소재를 획득하는 것이다. 바로 높은 곳에 둥지를 튼 새의 깃털이다.

"오랜만에 온 느낌이군…… . 자, 얼른 정리해 버릴까."

구름으로 된 지면을 차고 목표 던전에 뛰어든다. 던전 안은 5층의 특징인 구름으로 된 벽과 바닥이 눈부실 만큼 희고, 통로에는 작은 물방울과 얼음이 떠 있다. 그리고 그것들을 따라가듯이 정기적으로 커다란 소리를 내며 번개가 친다. 억지로 지나가면 상당한 대미지를 받게 될 것이다.

"대미지를 한 번 봐야 알겠는데…… 【제10의 검 · 금강】!"

카스미는 이즈에게 받은 마비 내성 상승과 번개 속성 대미지 감소 포션을 마시고, 스킬을 발동하여 【AGI】와 【DEX】를 낮추는 대신 상태 상태이상 내성 상승과 받는 대미지 감소 효과를 얻었다.

솔로로 공략할 때는 마비나 스턴으로 행동이 막히면 단숨에 죽음으로 이어지기 때문에 신중하게 행동해야 한다. 뭐든지 무효화하는 메이플과는 다르다.

"좋아, 가자."

통로를 달려가는 도중에 번개가 날아왔지만 카스미는 탈 없이 걸음을 옮겼다. 걱정했던 마비에 걸리지도 않았고, 2중 대미지 감소 효과에 따라 대미지도 충분히 포션으로 회복할 수 있는 범위에 그쳤다.

"……!"

포션을 마시며 통로를 빠져나가는 중에 공중의 물방울과 얼음이 결합해 각각 얼음 결정과 물방울 모양을 한 몬스터가 나타난다. 카스미가 격퇴하려고 칼을 뽑았을 때 몬스터는 높은 소리를 내며 달라붙더니 얼음벽이 되어 길을 막았다.

"지형을 이용할 셈인가……. 돌파하겠다! 【무사의 팔】, 【제6의 검 · 불길】!"

카스미는 양쪽에 거대한 팔을 소환하고, 손에 든 칼에도 불꽃을 둘러 얼음벽을 녹이며 베어낸다.

벽은 말하자면 변형하여 내구력이 높아진 몬스터라서, 그 내구력을 상회하는 공격을 가하면 부서져 버린다.

베어낸 너머에도 벽, 그 앞에도 벽.

그리고 뒤에서는 더욱 거세진 번개가 다가온다. 하지만 공격과 방어 모두 우수한 카스미는 대미지를 받으면서도 확실하게 정면으로 통로를 돌파했다.

"좋았, 어……. 뭐야, 나도 제법 하는군."

길드 멤버들이 다들 특이한 성장을 하고 있을 뿐, 스스로 버프를 걸어 상성이 좋고 위력이 높은 공격을 펼치는 카스미는 정석적으로 강하다.

자신의 공격이 제대로 통한다는 사실에 카스미는 안심하여 가슴을 쓸어내렸다.

전격이 날아다니는 통로를 빠져나가자 넓은 공간이 있고 안쪽으로 이어지는 두 개의 길이 보였다.

"저건……."

구름으로 된 하얀 지면에 동화된 것처럼 작은 새 한 마리가 잠들어 있었다. 구름으로 된 날개와 새하얀 깃털. 작은 새는 카스미의 접근을 알아차리고 퍼덕퍼덕이 아니라 하늘하늘 흔들리듯이 안쪽 통로로 사라졌다.

"필요한 것은 '어미새'의 깃털이었지. 뒤쫓아 갈까."

루트가 두 개 있지만 카스미는 작은 새가 날아간 쪽으로 갔다.

"저런 몬스터도…… 어쩌면 동료로 삼을 수 있을지도 모르겠군."

이번 퀘스트도 4층에서 새로 발생한 것이니 다른 층에도 정기적으로 확인하러 갈 필요가 있겠다고 새삼 생각하면서 통로 앞쪽을 확인한다.

"다음은 눈보라인가……."

앞쪽의 모습을 확인하고 아이템과 스킬로 대책을 취하고 돌입해서 돌파한다. 이것을 몇 번인가 반복했을 때 멀리 하늘색이 보이기 시작했다.

"빠져나왔나. 뭐, 잘하고 온 것 같군."

다양한 지형에 대응해 몬스터를 해치우면서 돌파했다는 사실에 혼자서 만족하며 오르막길을 올라 밖으로 나간다.

그곳부터는 구름이 마치 나뭇가지처럼 가늘게 뻗어 있고, 그 끝에는 새 둥지와 커다란 구름으로 된 깃털과 작은 새가 있었다.

"하나 받아가마. 목적은 이것뿐이니."

카스미는 구름 위를 걸어가 깃털을 하나 챙기고 어미새가 돌아오기 전에 재빠르게 그 자리를 벗어났다.

"자, 마지막은 거물이군."

이제 6층이 남았다. 카스미가 6층에서 해야 하는 일은 보스급 언데드 몬스터 토벌이었다.

"소모는 적군. 좋아, 이대로 갈까."

카스미는 4층과 5층을 클리어하고 내친김에 6층의 지정된 장소로 간다.

그곳은 딱히 큰 장해물이 없는 평야로 피 묻은 너덜너덜한 검과 갑옷이 굴러다니는 옛 전쟁터 같은 구역인데, 이전부터 뭔가 있을 것 같다는 말은 있었지만 이렇다 할 이벤트가 일어나지 않는 장소였다.

"…………."

퀘스트를 받고 온 이상 아무것도 없을 리가 없다고 생각한 카스미는 칼을 뽑아 언제든지 전투태세에 들어갈 수 있도록 하고 평야를 걷는다.

"……왔나."

주위에서 카스미의 것과는 다른 보라색 불꽃이 지면에서 뿜어져 나오고, 동시에 근처에 안개가 자욱하게 낀다.

카스미가 칼을 겨누는 와중에 정면의 안개 속에서 스윽 나타난 것은 피투성이 갑주를 입고 똑같이 피투성이인 직도(直刀)를 든 머리 없는 기사.

"대형 몬스터보다는 편하겠군! 간다! 【심안】, 【무사의 팔】, 【제1의 검 · 아지랑이】!"

카스미는 【무사의 팔】을 발동하여 공격 횟수를 늘리고, 【심안】으로 공격으로 전환하기 쉽게 만들고, 제1의 검으로 순간 이동하여 단숨에 거리를 좁혀 베어든다.

카스미의 공격은 가로막혔지만 양쪽에 나온 팔의 거대한 칼이 머리 없는 기사의 몸통과 어깨를 깊게 베어 HP를 깎아낸다.

"【제4의 검 · 선풍】!"

그 기세로 카스미는 연이어 공격을 날려 단숨에 대미지를 쌓는다.

연속 공격을 받아내는 데 검을 쓰게 만들면 공격 횟수가 많은 카스미가 유리해진다.

그러나 연속 공격이 끝남과 동시에 카스미의 시야를 가득 메우듯 【심안】이 공격 예측 위치를 표시했다.

"【도약】! 【제3의 검 · 초승달】!"

카스미는 순식간에 뛰어오르고, 다시 스킬로 공중에서 추진력을 얻는다.

직후 지면에서 보라색 불꽃이 뿜어져 나왔다가 사라졌다. 간신히 불꽃을 피하고 착지했지만 머리 없는 기사는 보이지 않는다.

"하앗, 다 보인다!"

돌아보고 검을 겨누었을 때【심안】으로 공격 예측 위치가 표시되고, 안개 속에서 머리 없는 기사가 다시 나타난다. 카스미도 모습을 감추고 순간이동하는 스킬이 있다. 그 경험으로 대미지를 가하기 위해 어떻게 움직일지 추측한 것이다.

"막고, 베겠다!"

카스미는 동작을 바꾸어 적의 공격을 받아내는 데 집중하고 공격을【무사의 팔】에 맡겼다. 그리고 기사가 팔의 공격을 받아 경직했을 때 일격을 넣고 상대의 대응을 살핀다.

견실하게, 일격씩. 받는 대미지를 최소한으로 줄이면서 대미지를 가해 HP를 0으로 몰아간다. 그렇게 HP를 줄여 나가자 머리 없는 기사가 크게 자세를 무너뜨렸다.

"【자환도(紫幻刀)】!"

상대를 튕겨내면서 10연참.

환영으로 된 칼을 오른손과 왼손으로 번갈아 휘둘러 대미지를 주고, 그때마다 거리를 좁힌다.

머리 없는 기사는 도망치지 못하고, 자세가 무너져 받아낼 수도 없었다. 거기에【무사의 팔】의 공격이 들어가는 대미지를 더욱 가속시킨다.

10연참이 끝나고 사라진 칼이 머리 없는 기사를 에워싸듯 출현해 일제히 꽂힌다. 지금까지의 공격으로 줄어든 HP에서 도출했던 대미지양을 완벽하게 예측한 듯, 칼이 꽂힘과 동시에 머리 없는 기사는 무너져 땅바닥에 굴러다니는 피투성이 갑옷 중의 하나가 되었다.

그와 동시에 주위를 뒤덮고 있던 안개가 사라지고 불꽃도 사그라든다.

그 자리에는 작아진 카스미가 남겨졌다.

"하아…… 이것만 없으면 최고의 기술인데……."

이 페널티가 있어서 마지막에밖에 못 쓴다고 투덜거리며, 카스미는 그대로 남들 눈에 띄지 않게 칼을 질질 끌면서 숲 쪽으로 걸어가 나무뿌리에 주저앉았다.

"원래대로 돌아가면 보고하러 가자. 여기에 몬스터까지 손에 넣을 수 있다고 생각하면…… 후훗, 나도 아직 강해질 여지가 있나."

카스미는 아직 만나지 못한 파트너에게 상상의 나래를 펼치며, 몸이 원래대로 돌아오기를 기다렸다.

잠시 후 몸이 원래대로 돌아온 카스미는 4층으로 돌아가 개구리에게 격파 보고를 하러 갔다.

"헤에…… 제법이잖아. 알았어, 알았다고. 이야기를 마저 하지. 머나먼 땅의 계곡에서 일어난 일이었어……. 소문의 정체를 확인하려고 얼마나 찾았는지 모르겠지만…… 어느새 자욱해진 안개, 그 안개 속에서 붉은빛 두 개를 봤지."

거기까지 말하고 개구리는 입을 다물었다.

"왜 그러지?"

카스미가 무심코 묻자, 개구리는 작게 웃고는 분위기를 바꾸어 이야기하기 시작했다.

"케켁, 그 뒤는 아무것도 기억이 안 나. 정신이 들어 보니 어느새 돌아와 있었지."

그 말을 듣고 이 이상은 아무런 진전도 없는가 하고 어깨를 떨구는 카스미에게 개구리가 종이 한 장을 내민다.

그것은 간소한 지도로 목적지로 여겨지는 장소에 빨간 X 표가 있었다.

"정 원하면 자기 눈으로 확인해. 하지만 죽어도 난 모른다."

그 말만 남기고 개구리는 음료를 마시기 시작했다. 이번에야말로 더 이상의 정보가 없다는 것을 확인한 카스미는 다음 목적지를 찾기 위해 지도를 빤히 쳐다본다.

"이건…… 어디지? ……산에…… 숲에, 샘인가? 그리고 이 표시한 장소가 계곡이라면…….."

카스미는 각 층의 맵을 켜고, 이 간소한 지도와 지형을 대조한다. 그러자 어떤 장소에서 지형이 완전히 일치했다.

"……7층의 그 계곡인가!"

그러나 그곳에는 카스미도 간 적이 있었다. 그때는 경험치를 많이 주는 몬스터도, 동료로 삼을 수 있는 눈에 띄는 몬스터도 없었기 때문에 탐색을 접고 돌아왔다.

"이걸로 조건을 채웠다고 생각해야겠지."

지금부터가 슬슬 진짜라고, 카스미는 정신을 바짝 차리고 최전선인 7층으로 돌아갔다. 최신 층인 7층에서 완결되는 퀘스트라면 기대할 수 있다는 뜻이다. 기대감이 피로를 넘어섰는지, 카스미는 그대로 지도에 표시된 계곡으로 직행했다.

"……변하지 않는 건가?"

다시 찾아간 계곡은 깊고 폭도 넓었다. 절벽 아래를 들여다보니 깊은 숲이 보인다.

그러나 겉보기에는 카스미가 지난번에 왔을 때와 똑같았다. 【머나먼 땅의 안개 속에서】라는 퀘스트 이름처럼 짙은 안개도 없어서 계곡 바닥의 나무들이 선명하게 보인다.

"아무튼 내려가 보지 않으면 알 수 없겠군."

그렇게 말하고 카스미는 가벼운 몸놀림으로 절벽을 슥슥 내려가 특별히 아무런 문제도 없이 계곡 바닥에 당도했다.

"여전히 몬스터도 전혀 없군……."

불길할 정도로 고요한 이 숲에는 몬스터의 기척은 고사하고 새 소리나 나무가 흔들거리는 소리도 들리지 않는다.

"닥치는 대로 찾아볼 수밖에 없나……."

개구리에게 받은 간소한 지도로 계곡이 목적지라는 것은 알 수 있어도, 계곡 어디인지는 알 수 없다.

지금 카스미가 가지고 있는 정보로는 쥐 잡듯 계곡을 샅샅이 탐색하고 다니는 것밖에 방법이 없었다.

"도중에 뭔가 변화가 있으면 좋겠지만……."

퀘스트가 완료됐다는 표시도 안 뜨는 걸 보면 반드시 이 계곡에 뭔가 있다 싶어 돌아다녔지만 특별한 것은 발견되지 않고 시간만 흘러갔다. 어디를 보아도 울창한 숲만 이어지고, 여전히 뭔가 있는 느낌은 없었다.

"장소를 착각한 걸까? 설마 뭔가 놓쳤나……?"

카스미는 그 뒤로도 한동안 탐색을 계속했지만 기대와 달리 변화는 없었다. 변화가 없으면 피로도 생기는 법이라 탐색 속도가 떨어지기 시작했다.

"후우, 오늘은 끝낼까…… 응?"

포기하며 눈을 감고 한순간 아래를 봤다가, 로그아웃할까 하고 고개를 든 카스미 앞에 안개가 자욱하게 깔린 숲이 펼쳐졌다.

"이건…… 좋아! ……윽!?"

변화에 기뻐한 것도 잠시, 카스미는 뒤에서 무시무시한 살기를 느끼고 순식간에 칼자루에 손을 대고 돌아본다. 한 걸음 앞도 보이지 않는 깊은 안개 속에 괴이하게 빛나는 두 개의 붉은빛.

"움직일 수 없어……! 마비인가!?"

그 빛이 점점 다가온다. 그러나 카스미의 몸은 전혀 움직이지 않는다.

그리고 카스미도 빛의 정체를 알아차렸다.

그것은 단순한 빛이 아니라 눈이었다.

붉게 빛나는 두 눈. 무음의 숲에 퍼지는 기는 소리. 짙은 안개에 동화된 듯한 하얀 비늘.

카스미보다 까마득하게 큰 뱀이 아가리를 쩍 벌리는 것이 카스미가 본 마지막 광경이었다.

체념과 함께 눈을 감고, 잠시 후 눈을 뜬다.

그러자 예상대로 카스미는 7층 마을로 돌아와 있었다.

"……정말로 뱀이 나올 줄이야. 자, 어떻게 할까."

공포 탓이 아니라 틀림없이 뭔가 상태이상에 걸려서 움직이지 못하게 되었다고 생각할 수 있다. 하지만 로그에는 상태이상 기록이 없었다.

"마비가 아니라고……? 대책을 세울 수 없는 건가? 뭔가를 시험해 보려 해도……."

카스미가 표정을 흐린다. 마주치는 조건도 애매모호한 데다 대책도 알 수 없다면 실패할 때마다 재출발할 수밖에 없다.

상당히 힘든 공략이 될 것은 틀림없었다.

"그런데, 흰 뱀…… 그런가. 음…… 좋은데."

흐려졌던 표정은 어디로 갔는지, 좋은 걸 발견했다는 듯이 고개를 끄덕이는 카스미는 아주 기뻐 보였다.

"일단 다시 가 볼까. 지금 이대로는 아무것도 알 수 없으니."

첫 번째는 너무 빨리, 게다가 일방적으로 당해 버렸기 때문에 정보를 거의 얻지 못했다.

몇 번 죽어도 상관없으니 몇 번이라도 시험해 본다. 우선은 시행착오를 거쳐 정보를 모아야 한다.

카스미가 한 번 더 계곡으로 내려오자, 이번에는 딱 맞춘 것처럼 곧장 짙은 안개가 꼈다.

"하, 이미 적으로 보고 있다는 건가. 수고를 덜겠군…….【심안】!"

카스미는 먼저 【심안】을 사용하고 근처 수풀에 숨어 주위를 경계했다. 그러자 잠시 후 스르르 몸을 끄는 소리가 들리고 근처를 공격 범위 표시가 스쳐 지나갔다.

"역시 시야에 맞춰 공격하는군……. 하지만 그렇게 멀리까지 닿지는 않는 모양이야."

카스미는 【심안】 효과가 이어지는 동안에 뱀의 시야를 피하면서 몸통으로 다가간다.

"엄청 크군……. 뭐, 시험해 볼 수밖에 없나."

카스미는 칼을 뽑고 【무사의 팔】과 【자환도】를 발동한다.

머리 없는 기사를 한 방에 없앤, 카스미의 스킬 중 가장 위력이 있는 공격이다.

첫 번째 공격이 몸에 명중해 비늘을 찢고 대미지 이펙트가 번쩍인다.

그러나 이거면 되겠다고 생각한 카스미의 계속되는 공격과 【무사의 팔】의 공격은 빛나는 듯한 하얀 비늘에 튕겨 나갔다.

"아니……!?"

연속 공격은 도중에 멈출 수 없기 때문에 마지막까지 전부 튕겨 나갔을 때 몸이 줄어들었다. 공격이 통하지 않는다. 방어력이 높다기보다는 파괴할 수 없는 물체를 공격하는 것에 가까운 감각이었다.

"일단 상태를…… 윽."

그때 카스미의 움직임이 멈춘다.

자신의 의지로 몸이 움직이지 않는 지금 상태는 틀림없이 뱀의 눈이 이쪽을 향하고 있다는 것을 나타낸다.

"단숨에 죽여 다오!"

천천히 뒤에서 뱀머리 그림자가 드리워지는 것을 보고, 카스미는 다시 7층 마을로 강제송환을 당했다.

돌아온 카스미는 원래 모습으로 돌아올 때까지 남들 눈에 띄지 않는 뒷골목으로 장소를 옮겨서 생각한다.

"대미지가 전혀 안 들어가는 것도 아닌 모양이지만…… 쓰러뜨릴 수 있는 상대 같지도 않군."

상황을 보아도, 첫 번째 공격은 허를 찔러서 대미지를 줄 수 있었다고 생각하는 것이 자연스러웠다.

그리고 그 뒤로는 대미지를 주지 못하고, 공격 때문에 머리가 이쪽으로 향했다. 그렇다면 공격하면 안 된다는 것은 명백하다.

"마비보다는 이동 불가의 상위 호환 같은데…… 몸이 전혀 움직이지 않았던 걸 생각하면, 요격도 불가능한가······."

　격파가 목적이 아니라면 뱀에게 들키지 않고 가야 하는 장소가 있을 가능성도 있다. 그렇다면 그 또한 상당히 힘든 일이 될 것이다.

　아무튼 그 계곡 바닥의 숲은 넓다. 무작정 걸었다간 오히려 더 시간이 많이 걸릴 것은 조우하기 전 탐색에서 잘 알았다.

　"좋아, 우선 계곡 바닥 양쪽 끝을 목표로 하자. 뱀과 만나는 데 시간이 안 걸리는 만큼 나은 편이지."

　몸을 숨기고 탐색한다면 행동도 다르게 취해야 한다.

　카스미의 경우는 【심안】이 열쇠가 된다고 할 수 있으리라. 즉사 일격으로 이어지는 행동불능 범위가 어디까지인지 파악하는 것이 생사에 직결된다.

　"오늘은 일단 이 정도로 해 둘까. 아이템도 다시 준비하고 나서 해야겠군······. 그리고 개구리를 한 번 더 만나 볼까."

　진전도 있었고, 뭔가 힌트가 있을지도 모른다고 카스미는 혼자서 고개를 끄덕인다.

　이미 각 층을 뛰어다녀서 계곡에 도달했기 때문에 상당히 시간이 지났다. 지금까지는 즐거움이 앞섰지만 슬슬 피로가 느껴지기 시작했다. 퀘스트 도중에 던전에서 이즈 특제의 강력한 아이템도 꽤 많이 썼기 때문에 딱 좋은 타이밍이다 싶어 오늘은 여기까지 하고 로그아웃했다.

◆ □ ◆ □ ◆ □ ◆ □ ◆

이즈에게 아이템을 보충하고, 카스미는 날을 다시 잡아 개구리가 있는 곳을 찾아가 보았다. 그러자 대화에 진전이 있어서 개구리가 새로운 이야기를 하기 시작했다.

"진짜로 가다니, 목숨 아까운 줄 모르는 작자군……. 말려도 안 들을 테니, 좋은 걸 하나 가르쳐 주지. 케켁, 생각이 났어, 도망칠 수 있었던 건 분명히 머리를 잘 때려서일 거야. 미간을 노리면 좋을 거다."

그것참 좋은 이야기를 들었다는 듯이 카스미의 표정이 밝아진다.

하지만 뱀이 노려보면 공격할 수 없다. 그렇다면 선제공격 때나 이 정보가 도움이 될 것이다.

"얼굴에 접근하고 싶지는 않지만, 기억해 두지."

카스미는 새로운 정보가 더 없다는 것을 확인하고 다시 7층으로 갔다.

"자, 뭐든 세 번은 해 봐야 한다는데, 한번 가 보실까."

카스미는 【심안】을 발동하여 머리 위치를 확인하고, 짙은 안개에 덮인 숲속을 발소리를 내지 않도록 조심하며 나아간다. 뱀의 머리에서 떨어져 있으면 일격에 죽을 위험은 피할 수 있다.

"뭔가 있다면 역시 시작점인가?"

카스미는 지금은 아주 희미하게만 흐르는 작은 강을 거슬러 올라가 상류로 향했다.

【심안】이 끊길 때마다 깊은 수풀과 작은 동굴, 오를 수 있는 나무 위로 피해서 안전을 확보하면서, 다시 쓸 수 있을 때까지 시간을 번다.

그렇게 착실하게 한 걸음씩 계곡 끄트머리인 강의 시작점으로 다가간다.

"안개가 희미해지는데…… 으! 저건 뭐지……."

카스미는 나무 뒤에 숨어 상황을 살폈다. 카스미의 시선 끝에는 크고 작은 뱀들이 마치 경비라도 서는 것처럼 한 동굴 주위에서 움직이고 있는 광경이 펼쳐져 있다. 커다란 흰 뱀은 그동굴 대부분을 가리듯이 또아리를 틀고 있다.

강은 동굴 안쪽으로 이어져서 안에 뭔가가 있다는 것을 예감케 했다. 카스미의【심안】에는 거의 빈틈없이 몇 마리나 되는 뱀의 공격 예측 범위가 보였다. 즉, 강도는 차이가 있을지도 모르지만 어떤 뱀이 보든 움직이지 못하게 될 거라는 뜻이다.

"여기만 돌파할 수 있으면……. 어떻게 할까?"

스르르 기어 다니던 소리도 그치고 흰 뱀은 여기서 움직일 기색이 없다. 그렇다면【심안】을 사용할 수 있게 될 때까지 기다리면서 생각할 여유가 있었다.

"위로는…… 못 가는군. 좋아. 그럼…… 각오하자!"

카스미는 나무 위로 뛰어올라 이파리를 헤치고 아래를 확인했다. 위에서 보아도 빈틈이 없어서, 어떻게든 흰 뱀을 비키게 할 필요가 있었다.

"간다……! 【초가속】, 【도약】, 【제3의 검 · 초승달】!"

카스미는 나무에서 뛰어나가, 스킬로 공중에서 더욱 가속해 그대로 칼을 내리친다.

【제3의 검 · 초승달】은 2단 점프만 할 수 있는 스킬이 아니다. 그 뒤에 확실하게 위력이 높은 베기가 따른다.

카스미는 똑바로 겨냥해 흰 뱀의 미간을 깊게 벴다.

연속 공격이 아니라서 움직임은 자유롭지만, 땅에 닿기도 전에 흰 뱀이 머리를 들고 카스미를 노려보려 했다.

그러나 그것은 동굴을 막은 머리를 치우는 행위이기도 하다.

"그걸 기다렸다!"

그 말과 동시에 커다란 폭발이 일어나 카스미에게 큰 대미지를 주면서 동굴 안으로 날려 보낸다. 카스미는 그대로 구르듯이 안쪽으로 들어가 큰 뱀의 시야에서 벗어나는 데 성공했다.

"큭…… 메이플은 잘도 이런 짓을 하는군…….."

카스미는 포션으로 HP를 회복하면서 일어섰다.

한 일은 단순하다. 메이플이 【기계신】의 무기를 터뜨려 하늘을 나는 것처럼, 이즈의 소형 고성능 폭탄으로 대미지를 각오하고 자폭해 억지로 추진력을 얻은 것이다.

"달리 방법이 있었을지도 모르지만……. 하핫, 최선책을 취할 수 있을 때까지 기다릴 수는 없어서 말이다."

카스미는 경계하면서 더욱 안쪽으로 나아갔다. 그곳에는 물이 퐁퐁 솟는 강의 시작점이 있었다.

그리고 그곳에 작은 흰 뱀이 한 마리 있었다. 그 뱀에게는 동료로 삼을 수 있는 마크가 붙어 있는데, 카스미가 반응을 살피고 있자 스르륵 움직여 카스미의 몸을 휘감으면서 타고 올라왔다. 뱀은 카스미의 목덜미에 안착했는지 움직임을 멈추고 혀를 낼름낼름 내민다.

"나를 따라 주겠느냐? 어떠냐?"

카스미는 다정하게 뱀의 머리를 쓰다듬어 본다. 그러자 뱀도 어쩐지 기뻐 보였다. 그걸 보자 카스미도 안심한 듯이 웃음이 흘린다. 그때 퀘스트 클리어 표시가 뜨고, 그와 동시에 솟아나는 물과 함께 빛을 내뿜으면서 반지가 하나 나타났다. 카스미는 반지를 주워 들고 기쁜 듯이 꼭 쥐었다.

"이름은…… 마을에 도착할 때까지 기다려 다오. 그나저나 밖은……."

카스미가 밖을 살펴보니 짙은 안개는 사라지고 뱀도 없는 고요한 숲이 펼쳐져 있을 뿐이었다.

"후우…… 이젠 편하게 돌아갈 수 있겠군……. 너도 저렇게 커지는 거냐?"

카스미는 목덜미에 있는 뱀의 머리를 쓰다듬으면서 성장한 크기에 불안과 기대를 품었다.

"퀘스트는 끝났지만…… 개구리한테라도 가 볼까. 뭔가 반응이 있을지도 모르니."

그리고 카스미가 4층의 개구리를 찾아가자 아주 조금 새로운 반응이 있었다.

"케켁, 놀랍군. 살아서 돌아온 것도 모자라서, 데리고 왔을 줄이야. 내 이야깃거리가 또 늘었군. 당신, 한가하면 또 와. 당신이라면 재미있는 이야기를 들려주지."

"그래, 그러마."

언젠가, 어쩌면 또 이벤트의 계기가 될지도 모르겠다고 생각한 카스미는 개구리를 마음속에 담아 두었다.

카스미가 흰 뱀을 데리고 길드로 돌아오자 때마침 길드 멤버들이 모여 마이와 유이를 둘러싸고 있었다.

"아, 카스미 씨!"

"응? 아아, 그게 두 사람의 파트너인가."

카스미 앞에 아기곰을 데리고 마이와 유이가 걸어온다. 그에 반응하듯이 목덜미에 있던 흰 뱀이 몸을 휙 움직였다.

"앗, 카스미 씨도 정하셨군요!"

"그래, 이름은 하쿠로 했다……. 너무 단순한가?"

카스미는 이름 짓기는 잘 못한다며 조금 부끄러운 듯이 얼굴을 긁었지만, 하쿠는 기쁜 듯이 스르륵 움직였다.

"좋은 것 같아요!"

"네…… 어울리는 것 같아요!"

마이와 유이가 그렇게 말하자 더욱 쑥스러워하는 카스미를 보면서, 아직 파트너가 될 몬스터를 찾지 못한 세 사람도 각자 어떻게 할지 생각한다.

"오오, 이제 남은 건 나하고 카나데와 이즈뿐인가."

"그러네. 아이템 제작도 일단락 났으니까, 슬슬 공방 밖으로 나갈까."

"나도 빨리 찾아야겠다. 이 층의 즐거움인걸."

"정보는 꽤 많이 모아 왔으니까…… 원하는 게 있으면 좋겠는데."

사리도 츠키미와 유키미를 쓰다듬으면서 모아온 정보를 대략 이야기한다.

어디에 어떤 종류의 몬스터가 있는지, 뭔가 있을 듯한 구역과, 시간대나 보유 스킬에 따라 만날 수 있는지 유무가 달라지는 레어 몬스터에 관한 정보 등, 아직 게시판에 올라오지 않고 사리가 발로 뛰어 얻은 것도 있었다.

"나랑 메이플은 이미 테이밍 몬스터가 있으니까, 지원하는 역할을 하려고."

"그러고 보니…… 메이플이 없군."

카스미가 두리번두리번 길드 홈 안을 둘러보았지만 메이플의 모습은 어디에도 없었다.

"시험도 일단락됐고, 로그인한 것 같은데……."

그때 호랑이도 제 말 하면 온다더니 길드 홈 문을 열고 메이플이 들어왔다.

메이플은 안으로 들어오자마자 츠키미와 유키미, 그리고 하쿠를 보았는지 눈을 빛내며 다가갔다.

"귀여워—! 모두의 몬스터야?"

메이플은 세 사람의 파트너를 각각 귀여워할 만큼 귀여워하고 나서 생글생글 즐겁게 웃는다.

"길드 홈도 점점 북적북적해지네!"

"하긴, 몬스터를 길드 홈에서도 꺼낼 수 있게 됐고 말이야."

그렇게 말하는 사리의 발밑에는 오보로가, 메이플의 발밑에는 시럽이 있다. 여덟 명밖에 없는 길드지만 뛰어다니는 몬스터가 늘어나서 메이플 말대로 북적북적하기도 할 것이다.

"아, 맞다. 모두 모였으니까 정보 공유를 하고 있었는데, 메이플은 뭐 있어?"

"음, 조, 좀 말하기 힘든데…… 촉수를 꺼낼 수 있게 됐어!"

"지금, 뭐라고?"

예기치 못한 말에 사리가 무심코 반문하자 메이플은 고지식하게 똑같이 말했다.

어쩌다 그렇게 됐는지, 몬스터를 동료로 삼는 게 목적인 층에서 어떻게 스스로가 몬스터가 돼 버렸는지, 그 자리에 있는 모두의 머릿속에서 그런 의문이 빙글빙글 돈 결과, 모든 말을 삼키고 우선 보는 게 빠르겠다는 결론이 났다.

그리고 훈련장에 와서 일곱 명은 메이플의 새로운 스킬 발동을 기다린다.

"좋아. 【심해의 부름】!"

메이플이 스킬을 발동하자 방패를 든 팔이 구불구불 얽힌 크고 검푸른 촉수들로 바뀌고, 왼쪽 눈의 흰자위 부분은 검게, 검은자위 부분은 노랗게 물든다. 메이플이 왼손을 움직이자 촉수가 변형하더니 이번에는 손가락처럼 다섯 개로 갈라져서 무언가를 쥐듯이 다시 모여든다.

길드 멤버들은 그것을 보더니 얼굴을 마주 보고 수군수군 이야기하기 시작했다.

"저건 아니잖아."

"그치, 그 마음 알아."

"모르고 필드에서 만났다면 칼을 뽑았을 거다."

어른 그룹이 오랜만에 인간의 영역을 벗어난 행위를 보고 리액션도 잊고 이야기하기 시작하자, 메이플도 이야기의 내용을 눈치챘는지 팔과 촉수를 붕붕 흔들며 변명한다.

"이건 기, 깊은 이유가 있는데…… 아니, 그렇게 깊지는 않을지도…… 하지만 어쩔 수 없었단 말이야아!"

메이플이 이런 이형(異形)의 팔을 손에 넣고 만 데는 물론 이유가 있다.

그 이야기는 시간을 조금 거슬러 올라가야 한다.

3장 방어 특화와 촉수.

시험이 끝난 메이플은 곧장 게임에 로그인했다.

하지만 메이플에게는 이미 시럽이라는 파트너가 있기 때문에 다른 멤버들처럼 동료로 삼을 몬스터를 고민하지 않았다.

"어디서부터 가 볼까?"

메이플은 7층 맵을 확인하면서 오늘의 계획을 짰다. 사리도 말했듯이 예정된 이벤트가 시작되거나 새로운 구역이 추가될 때까지 정보 수집에 전념하기로 한 것이다.

"길드 강화에 힘쓰는 것도 길드 마스터의 일이야!"

메이플은 그렇게 말하며 의욕을 냈다. 본심을 말하면 의욕의 근원 중 70퍼센트 정도는 단순히 모두가 귀여운 파트너를 데리고 있는 걸 보고 싶다는 거였지만, 그것도 훌륭한 동기다.

"왠지 제2회 이벤트가 생각나는걸. 이번에는 처음부터 시럽이랑 같이 모험하네!"

7층은 제2회 이벤트의 맵처럼 다양한 지형과 환경이 있고 수많은 종류의 몬스터가 서식하고 있다. 얼음 속성의 몬스터를 동료로 삼고 싶은 사람은 설산으로, 화염 속성이라면 화산으로 가는 것이다.

"음…… 산을 오르는 건 힘드니까……."

그리고 한동안 맵을 보면서 끙끙하던 메이플은 갈 장소를 정했는지 고개를 크게 한차례 끄덕이고 맵을 닫았다.

"그럼, 출발―!"

시럽을 타고 하늘을 날아가던 중에 아래를 흘끗 보자 이미 몬스터를 동료로 삼았는지 옆에 테이밍 몬스터를 데리고 전투를 하는 플레이어가 보였다.

"벌써 동료를 찾은 사람이 많네! 시럽이랑 만났을 때가 생각나는걸."

메이플은 멍하니 새 몬스터를 동료로 삼으면 하늘도 날 수 있을지 모른다고 생각했다.

"다들 하늘을 날 수 있게 될지도 모르겠네! 아, 그치만 다른 플레이어도 날아다니면 느긋하게 산책은 못 하려나?"

수많은 플레이어가 기계로 하늘을 날았던 3층을 떠올리면서 시럽을 타고 하늘을 나아간다.

그리고 메이플은 목적지에 도착했다.

메이플의 눈앞에 펼쳐진 것은 모래사장과 넓은 바다였다. 저 멀리 섬도 몇 개인가 보이고 수심도 깊어 보였다.

"굉장해……. 지금까지 중에 제일 멀리 갈 수 있을지도!"

메이플은 스노클을 달고 하늘에 띄우는 것과 똑같은 요령으로 시럽을 바다에 둥둥 띄워 먼 바다로 나간다. 사리와 현실에서 만났을 때도 이런저런 몬스터 정보를 들은 메이플은 아직 레어 몬스터가 발견되지 않은 바다 구역을 탐색하기로 약속했던 것이다.

"보트는 힘들겠지만…… 시럽이라면 어디든 휙휙 갈 수 있으니까!"

메이플의 【사이코키네시스】로 추진력을 내기 때문에 가속은 못 하지만 맞바람이나 큰 파도에도 일정한 속도를 낼 수 있다. 게다가 메이플의 노력도 안 들고 장해물이 있어도 상관없기 때문에 느긋하게 탐색하기에는 최적이다.

"그럴싸한 물고기는 없으려나~."

메이플은 시럽의 등딱지 끄트머리에 드러누워 얼굴만 바다에 집어넣고 물속의 모습을 살핀다. 물속에도 몬스터가 있는 모양인지 메이플의 예상대로 물고기에도 동료로 삼을 수 있다는 마크가 붙어 있었다.

"푸핫! 동료로 삼을 수 있어도, 물고기가 물에서 나올 수 있을까……?"

그렇게 의문을 품었다가, 사리의 스킬 【고대의 바다】처럼 물을 휘감고 공중에서 헤엄치겠지 하고 혼자 납득한다.

"돌고래랑 고래 같은 것도 있을 것 같아! 하지만 혹시 있어도 레어일 것 같네……."

메이플은 우선 희귀해 보이는 몬스터를 찾으려고 바다 위를 휙휙 이동하며 물속을 확인했다. 그리고 꽤 많이 탐색한 다음 일단 휴식을 취하려고 야자나무만 한 그루 보이고 딱히 아무것도 없는 근처 작은 섬에 내려 시럽을 반지로 되돌린다.

"후유…… 돌고래도 고래도 없네……"

메이플은 이마에 손을 대고 아득하게 멀어진 모래사장을 바라보고는, 대자로 누워서 기분 좋은 듯이 쭉 기지개를 켠다.

"음, 이제 뭘 할까?"

메이플이 그렇게 바람을 느끼면서 느긋이 있는데 근처에서 무언가가 물에서 튀어나온 것 같은 철퍽 소리가 났다.

"으엑!? 있어!?"

메이플이 서둘러 튕겨 일어나서 소리가 난 쪽을 보자, 불길해 보이는 시커먼 촉수가 물을 뚝뚝 흘리며 이쪽으로 주룩주룩 다가오고 있었다. 촉수라서 당연히 표정은 없지만, 그것이 자신을 노리고 있다는 것쯤은 메이플도 알 수 있었다.

"엑!? ……잠까, 으, 으아앗!"

바로 도망치려 했지만 움직임이 굼뜬 메이플이 도망칠 수 있을 리가 없어서, 몸을 꽉 붙들려 저항하지 못하고 들려 올라간다.

"그럼 나도……! 【포학】!"

그대로 물에 끌려가지 않게 저항하려고 【포학】을 발동해서 괴물 대 괴물 구도가 되었을 때 메이플은 깨달았다.

끌려가는 곳은 물속이 아니라는 것을. 깨끗한 물속에 하수구의 진창처럼 거무튀튀한 안개가 깔렸는데, 촉수는 거기서 튀어나와 있었다. 메이플이 어떻게든 떼어내려고 했지만 안타깝게도 이미 늦은 듯, 메이플은 안개 속으로 모습을 감추었다.

그리고 시커먼 어둠 속을 통과하는가 싶더니, 붕 뜨는 느낌 다음에 단단한 지면에 떨어졌다.

"괘, 괜찮은 것 같은데? 깜짝이야⋯⋯."

무사하다는 것을 확인하고 움직이려 했지만 아무래도 상당히 좁은 공간인 듯, 괴물 형태의 거대한 몸으로는 제대로 움직일 수 없었다. 이런 데서 벽에 걸리는 건 메이플밖에 없겠지.

"해제할 수밖에 없나⋯⋯. 우우, 아까워."

메이플은 괴물 형태를 해제하고 땅에 철퍼덕 떨어져 부스스 일어난다.

축축한 바위 동굴 같은데, 지면과 벽에는 여기저기 조금 전 메이플을 끌어들인 검은 안개가 깔려 있었다.

"좋아, 일단은 탐색하자!"

바위와 바위 틈새를 빠져나오면서 이동하자 곧바로 막다른 곳에 도달했다.

"어라? 벌써 끝인가⋯⋯아악!?"

되돌아가려 했을 때 다시 안개에서 촉수가 튀어나와 메이플을 붙잡고 안개 속으로 끌어당긴다. 그리고 메이플은 또다시 약간 형태만 다른 바위 틈새에 내던져졌다.

"우우, 뭘 하고 싶은 거야?"

대미지를 받는 것도 아니어서, 다시 출발점으로 되돌아간 메이플은 일단 진정하고 생각해 보기로 했다.

갑자기 촉수에 붙들리는 일은 별로 없다. 메이플은 황급히 대미지를 받지 않았는지 확인했지만 HP 게이지는 가득 찬 그대로였다.

"대미지는 없으니까 어떻게 되겠지! 좋아!"

메이플은 스스로에게 그렇게 말하고, 공간에 드문드문 있는 안개를 하나하나 확인하기로 했다.

그러자 모든 안개에서 촉수가 나온다는 사실을 알게 되었다. 게다가 이 촉수는 어느 길에서든 다 똑같은 것이 아니라, 구속하는 위력이나 개수에 각각 차이가 있는 듯했다.

그렇다면 메이플도 뭘 해야 할지 알 수 있다. 골인 지점까지 루트가 여러 개 있고, 어느 길이냐에 따라 편하거나 힘들거나, 혹은 정답 루트 말고는 골인할 수 없다고 추측할 수 있다.

"으으음……. 이런 건 카나데의 주특기인데, 여기서 동료로 삼을 수 있는 거라 해 봐야……."

메이플은 카나데에게 정체 모를 촉수를 추천할 마음이 없었다. 애초에 끝까지 갔을 때 동료로 될 몬스터가 있는지는 확인해 봐야 알 수 있다. 어느 쪽이 정답인지도 모르니까, 메이플은 막다른 길이면 되돌아갈 요량으로 쭉쭉 가 보기로 했다.

마음을 굳게 먹고 다음 촉수에 붙잡혔는데, 거기는 꽝이었는지 대량의 촉수가 메이플을 붙잡고 보통이라면 대미지가 들어올 조르기와 후려치기 공격을 했다.

"그렇게 물컹물컹한 촉수로는 안 통해! 【전 무장 전개】!"

물량에는 물량이라는 듯, 메이플의 몸에서 병기가 나타나 대량의 총탄을 뿌린다. 벽이 단단한지, 아니면 안개의 영향인지 메이플의 총탄은 벽에 부딪치자 방향을 바꾸어 좁은 공간에서 마구잡이로 튀면서 촉수에게 대미지를 가했다.

"와와왓! 엄청 튀네! 어라, 꽤 많이 맞혔는데도 생각보다 안 통했어……. 끈적끈적한 게 대미지를 줄이는 건가?"

총탄을 미끄러뜨리는 건지, 촉수에 대미지는 들어갔지만 평소보다 위력이 약하다.

그렇다면 다음은 【히드라】, 또 다음은 【악식】으로 메이플이 풀코스 공격을 날리자 결국 촉수도 버티지 못하고 터져 날아갔다.

"촉수는 뾰족하지 않으니까 관통 공격도 없을 것 같고, 계속 갈 수 있겠다!"

메이플은 그렇게 동굴을 척척 나아간다. 도중에 꽝인 것 같은 촉수가 많은 길을 지나기도 했지만 메이플에게는 어느 길이든 똑같이 그냥 통로다. 피하기 어려운 공격도 위력이 센 공격도, 구속도, 메이플에게 대미지를 줄 수 없다면 언젠가는 돌파당하고 마는 것이다.

"후우, 꽤 많이 왔으려나. 분위기도 좀 달라졌고……."

풍화된 뼈의 잔해나 벽에 들러붙은 피 등 여러 것들이 죽어간 흔적이 보이기 시작했다.

"나도 붙잡혀서 끌려왔고, 이러다가 잡아먹히는 걸까?"

본격적으로 포식하기 전에 이 공간을 사용해서 먹잇감을 약하게 만드는 듯했다.

실제로 메이플도 끈질긴 구속에서 벗어나느라 상당히 많은 총탄을 소비해 버렸다.

"하지만 돌아가기도 아깝고……. 절약하면서 가야겠네."

메이플을 구속하고 공격하는 것이 우호적일 리가 없다. 마지막에는 전투가 벌어질 거라고 예상했다. 메이플은 휴식을 취하며 좋은 방법이 없는지 생각해 보았다.

"으음……. 다음에 붙잡혔을 때 하자! 대미지는 안 받으니까!"

시험해 보려면 촉수가 나와 줘야 한다. 메이플은 대책을 뒷전으로 하고, 계속해서 안으로 걸음을 옮겼다.

그러나 그 뒤로는 제대로 정답 루트를 뽑았는지 편하게 대처할 수 있을 만큼의 촉수밖에 나오지 않았다.

"후. 이제 좀 많이 왔으려나."

바위 틈새를 슥슥 빠져나가자 벽면에 온통 안개가 깔려 있었다. 메이플이 그 앞에 선 순간, 지금까지와는 비교도 안 되는 크기의 촉수가 뻗어 나와 단숨에 메이플의 몸을 완전히 감싸고 들어 올렸다. 조여드는 힘도, 붙잡는 속도도 격이 달랐다.

"전 무장 전…… 왓!"

미처 병기를 전개하지 못하고, 메이플은 안개 속으로 자취를 감췄다.

한층 큰 촉수에 붙들려 안개 속으로 들어간 후, 메이플은 철퍽 소리를 내며 물이 고인 바닥에 떨어졌다.

"아코코, 여기가 마지막인가?"

메이플이 둘러보자 그곳은 보스방 같은 공간이었다. 주위가 바위벽으로 에워싸여 있고 길은 없고 발밑에는 물이 고여 있다. 검고 깊어 보이는 물 탓에 어디에 뭐가 있는지도 알 수 없다. 섣부르게 움직이지 않고 있자 메이플이 떨어졌을 때보다 훨씬 커다란 소리를 내며 촉수가 수면에서 튀어나왔다.

그것은 저 밑바닥에 본체가 있으리라고 짐작게 하는 굵고 커다란 촉수여서, 메이플도 깜짝 놀라 무심코 한 발짝 물러서고 말았다.

"앗, 맞다, 그러고 보니……!"

메이플은 수심을 조심하고 촉수에서 멀어지도록 달리면서 인벤토리를 조작한다. 꺼낸 것은 물론 이즈가 만들어 준 아이템이다. 잠수 스킬을 올릴 수 없는 메이플도 물속에서 조금 오래 숨 쉴 수 있게 해 주는 물건이다.

"좋아, 준비 완료! 언제든지 좋아!"

전투태세에 들어가려고 돌아본 메이플의 시야를 거대한 촉수가 뒤덮는다.

촉수가 그대로 메이플을 강하게 빙글 감아 조이면서 들어 올린다. 촉수 아래에 펼쳐진 검고 깊은 물속으로 끌어들이려는 것이다.

"윽!"

메이플이 그 사실을 깨달음과 동시에 【악식】이 발동하고 물속에 HP 게이지가 뜨지만, 감소율이 낮다. 그러나 그 덕분에 촉수에 빈틈이 생겨서 메이플은 스르륵 아래로 빠져 떨어질 수 있었다.

"위, 위험했어……. 우왓! 엄청난 숫자야!"

메이플의 눈앞에서 다시 촉수가 쭉쭉 튀어나온다.

그리고 다시 붙잡으려 드는 촉수를 이번에는 확실하게 방패로 막았다. 그러자 【악식】이 발동했지만 대미지를 주지는 못하고 시커먼 안개가 되어 사라져 버렸다.

"가짜!? 그런가, 그렇구나!"

이만큼 촉수가 많은 생물이 있는 게 아니라, 실체가 있는 것과 없는 촉수가 있는 거라고 메이플은 깨달았다. 그러나 그럴 여유가 있는 상황이 아니어서, 메이플의 뒤에서 촉수가 땅을 기듯이 뻗어서 메이플을 쳐 올린다.

진짜와 가짜가 있다는 걸 알아도 지금의 메이플에게는 구분할 수단이 없다.

"왓!? 아, 좋았어! 노 대미지!"

날려간 메이플은 여유로운 표정으로 반격 준비를 하려고 그대로 땅에 떨어진다.

그러나 도중에 촉수가 녹아내리듯이 검은 안개가 공중에 퍼지고, 메이플은 그대로 그곳에 처박혔다. 무심코 눈을 감았지만 딱히 아프지도 않고 착지에 실패해 얼굴부터 땅에 철퍼덕 떨어지는 것에 그쳤다. 물론 이것도 노 대미지다.

"좋아, 반격! 【히드라】!"

메이플은 그렇게 말하고 서둘러 몸을 일으키고 손을 확 내밀었지만 그 손에는 있어야 할 단도가 없었다.

"엑?"

얼빠진 목소리를 내고 메이플이 자신의 몸을 확인해 보니 검은 갑옷도 방패도 없었다. 처음 게임을 시작했을 때가 생각날 정도로 아무것도 장비하지 않은 초보자 옷 상태다. 메이플이 혼란스러워하는 와중에 검은 안개에서 조금 늦게 메이플의 장비가 떨어졌다.

"앗! 그건 내 거야!"

메이플은 장비가 없으면 못 쓰는 스킬이 많다. 서둘러 회수하려고 했을 때 이번에야말로 메이플을 붙잡고 촉수가 물속으로 가라앉는다.

"우우우우! 이렇게 많은 건 치사해—!"

메이플이 그대로 물속에 가라앉는다. 【STR】이 조금이라도 있다면 촉수의 구속을 풀 수도 있겠지만, 방어 특화형인 메이플에게는 불가능하다. 초조해하며 위를 보자 그리 쉽게 놓아주지 않겠다는 듯이 오는 길에서 그랬던 처럼 검은 안개에서 촉수가 나와 대기하고 있었다.

"……으—읍! 으으……읍!"

그리고 물밑에 가까워지는 메이플의 눈에 마침내 본체가 들어온다. 지금으로선 HP 게이지 옆에 동료 영입 마크가 없는 그 몬스터는 몸길이가 수십 미터는 되는 문어였다. 문어는 노란 눈동자를 요사스럽게 빛내고 있었다.

이즈의 아이템 효과가 있다 해도, 이대로는 잠수 시간을 넘겨서 대미지를 받다가 죽고 만다. 그렇지만 장비를 빼앗겨 대항할 수단을 잃은 지금의 메이플이 수면 밖으로 돌아가기는 힘들다. 그래서 메이플은 도박을 걸어 보기로 했다.

"【전 무장 전개】, 【공격 개시】!"

메이플은 우선 물속에서 병기를 전개하고 폭발시켜 촉수를 태우고 구속을 풀었다.

그리고 폭발로 얻은 추진력으로 수면이 아니라 더 아래로 들어간다. 바닥에는 촉수가 없는 것이 보였기 때문에 자유롭게 움직일 수 있다고 생각한 것이다.

메이플은 다시 병기를 폭발시켜 그대로 본체 쪽으로 날아간다. 그러자 문어는 수고를 덜었다는 듯이 포식 모션 비슷한 것으로 넘어가려 했다.

그러길 기다렸다는 듯이 메이플은 다시 병기를 전개하고 폭발시키는 가속으로 문어의 입속에 뛰어들었다. 인간 포탄이 된 메이플은 다 열리지 않은 입을 억지로 열고 위장까지 뛰어든다.

예상대로 그곳에는 물이 없어서 수중 상태에서 벗어나는 데 성공했다. 메이플은 도박에서 이긴 것이다.

"후…… 저번에도 먹힌 적이 있어서 다행이야……. 사리가 언제나 예습이 중요하다고 말하는 이유를 잘 알겠어."

마침내 반격하기 위해 메이플은 다시 병기를 전개한다.

애초에 이런 독극물을 몸속에 넣어서는 안 된다. 메이플의 목소리에 따라 위장 속에서 대량의 총탄이 날아다닌다. 그와 동시에 무시무시한 양의 붉은 대미지 이펙트가 터진다.

"좋아, 여기서도 총탄이 미끄러지지만…… 튀는 거면 괜찮……아, 왓!?"

메이플이 계획대로라는 듯 총탄을 쏘는데, 위장 속에 검은 안개가 발생하고 거대한 촉수가 그대로 메이플을 날려 버렸다.

"엑! 왜, 왜지!? 몸속인데!"

들어왔을 때와는 정반대로 메이플을 무시무시한 속도로 밀어내 토하는 듯한 형세로 물속으로 튕겨냈다. 기껏 작전이 성공했는데 다시 물속으로 떠밀려 나간 메이플은 이번에는 위장 속에 나오는 촉수도 조심하자고 생각하면서 다시 돌입하려고 태세를 정비한다.

그리하여 위장 속에 들어가려는 포식 대상 메이플과 독극물을 위장 속에 넣어서는 안 되는 포식자 문어의 싸움이 시작되었다.

몸 밖으로 날려간 메이플은 슬쩍 위를 봐서 수면과 자신 사이에 아직 촉수가 있는 것을 확인하고, 장비 회수는 뒤로 미루고 다시 입을 향해 총탄처럼 뛰어든다.

"이번에는 안 날려가게……."

메이플은 위장 입구에서【발모】로 부피를 늘리고【결정화】로 돌처럼 단단해져 확실하게 틀어막았다. 커다란 바위라도 삼킨 모양새다. 문어에게 날려가지 않는 대신 메이플도 전혀 움직이지 못하지만, 메이플이【결정화】털구슬 상태가 된다는 것은 곧 자폭한다는 뜻이다. 그때 메이플을 밀어내려고 검은 안개에서 나온 촉수가 양털에서 튀어나온 메이플의 얼굴을 정면에서 누른다.

하지만 걸려서 움직이지 않기 때문에 그대로 메이플의 얼굴을 꾹꾹 누르고만 있게 되었다.

"먹으려고 붙잡은 거잖아! 자꾸 도망치려고 하면 내가 먹어버린다! ……아, 그런가, 그러면 되는구나!"

메이플은【결정화】가 끝날 때까지 움직일 수 없기 때문에 조금이라도 더 대미지를 주려고, 또한 복수하기 위해 얼굴을 미는 문어다리를 깨물었다. 검은 안개를 두르고 흉흉하게 생겼지만, 원본이 있는 만큼 내용물은 그냥 문어였다. 메이플의 인벤토리에 있는 것처럼 이름부터 독임을 알 수 있는 과일이나 딱 봐도 식용이 아닌 버섯에 비하면 멀쩡한 맛이 났다.

"우물…… 의외로 맛있네."

그렇게 뜯어먹는 사이에 【결정화】 효과가 끝난다. 메이플은 그 타이밍에 맞춰 포격해서 양털 속 모든 폭탄에 불을 붙여 몸 속을 엉망진창으로 만들고, 그 반동으로 충격에서 유일하게 도망칠 수 있는 길인 입으로 튀어나왔다.

"음!"

검은 안개가 나오는 문어다리를 입에 물고 위를 보자 큰 대미지를 받고 기절했는지 촉수가 사라져 있었다. 메이플은 이거면 되겠다 싶어 병기를 다시 전개해서 수면으로 부상한다.

"푸핫……! 좋았어, 이 틈에!"

메이플은 장비를 다시 장착하고 이번에는 물속으로 끌려가지 않게 태세를 갖춘다.

그리고 기절에서 회복한 문어는 똑같이 지면을 파헤치듯이 물을 뿜으면서 촉수를 휘두른다.

"【얼어붙는 대지】! 【포식자】! 【히드라】!"

메이플의 【얼어붙는 대지】로 아슬아슬하게 부딪치기 직전에 촉수가 얼어붙어 움직임이 멎는다. 그러자 메이플은 독을 뭉터기로 쏘고, 두 마리 괴물에게 물어뜯게 하고, 자신도 한

입 더 깨문다. 씹으면 씹을수록 맛이 진하게 나는 듯하다. 폭염에 표면이 구워졌는지, 아니면 소스 같은 【히드라】때문인지 맛도 달라졌다.

일부 목적이 다른 공격을 하고 나서, 이번에는 방패를 들고 병기를 터뜨려서 움직이기 시작한 촉수 무리에 뛰어든다.

"왓! 끊겼어!"

메이플의 【악식】으로 촉수가 중간에서 끊기는 바람에 그 자리에서 나뒹군다. 동시에 다른 촉수도 수심이 얕은 곳에 축 늘어지는 것이 보였다.

메이플은 그걸 보고 기회라는 듯이 방패를 들고 다시 돌진한다.

하나, 둘, 방패가 닿을 때마다 촉수가 떨어져 날아간다. 폭발 비행으론 복잡하게 움직일 수 없지만, 직선 궤도로 나는 건 잘하는 편이다.

그리고 한 번의 기절로 모든 촉수를 끊었을 때 메이플 앞에 거대한 검은 안개가 나타나더니, 물밑에 있던 문어가 촉수와 똑같이 축 늘어진 상태로 전이했다.

"해냈다! 이 틈에…… 좋아."

메이플은 후다닥 문어 입으로 뛰어가 이미 약점은 알고 있다는 듯 대포를 쑥 찔러 넣는다. 다시 체내에서 총탄이 튀며 대미지를 가속시키는 동안 메이플은 【포식자】와 함께 문어다리를 물어뜯는다.

"우후후, 우물……. 생각보다 맛있었는데, 저기 떨어진 촉수도 가져갈 수 있을까."

그리고 메이플이 문어의 HP 게이지를 보자 아주 조금만 남아 있었다. 보스라면 마땅히 있을 행동 패턴 변화도 없다. 아무래도 집요한 체내 공격이 상당히 효과적이었던 모양이다.

"맞다! 기왕이면 마지막은……."

메이플은 아슬아슬하게 죽이기 직전에 사격을 멈추고 마지막으로 문어다리를 한입 깨물었다. 그러자 문어가 빛이 되어 사라지고 떨어진 촉수만이 남았다. 이즈에게 요리해 달라고 하면 더 좋겠다고 생각하며 메이플은 촉수에 눈길을 보낸다.

하지만 그 촉수에서 검은 안개가 뿜어져 나와 부피가 많이 줄어드는 바람에 먹어도 또 먹어도 줄어들지 않을 사이즈는 아니었다. 메이플은 조금 아쉬워하면서도 전부 주워 모았다.

"좋아, 게다가 스킬도 Get!"

메이플은 스킬을 확인했다. 기억에 없는 스킬이 하나 있었다.

【심해의 부름】

촉수로 구속 또는 공격한 대상에게 마비를 건다.

대상의【STR】수치가 자신보다 낮을수록 오래 구속한다.

"좋았어! 에헤헤, 입수했으면 활용해야지! 어디 보자……
【심해의 부름】!"

스킬을 발동하려 했지만 MP가 부족해서 발동할 수 없었다.
메이플은 어쩔까 생각하고 나서 방패의 스킬 슬롯에 설정하
기로 했다. 【악식】은 횟수 제한은 있어도 MP를 사용하지 않
기 때문에 하루 다섯 번 MP를 소비하지 않고 스킬을 쓸 수 있
는 「어둠의 모조품」 효과를 살리지 못하고 있었다. 【심해의
부름】은 못 쓰고 있었던 그 효과를 살릴 수 있어서 메이플의
상황에 잘 맞았다. 【STR】은 원래부터 어쩔 수가 없다.

"좋아……. 그럼 다시!"

메이플이 스킬을 발동하자 방패를 든 메이플의 팔이 길이가
2미터쯤 되는 검푸른 촉수로 바뀌었다. 검은 안개를 뿜어내
는 촉수는 딱 봐도 사람 팔에 달릴 만한 것이 아니었다. 게다
가 방패에 설정해서 그런지 방패까지 다 촉수로 바뀌어 버렸
다. 방패의 형태가 남지 않고 구불텅구불텅 꿈틀거리고 있다.

"으…… 먹으면 안 되는 거였을까?"

메이플은 스킬을 시험해 보려고 나타난 마법진에 올라 밖으
로 나왔다. 붙잡히기 전에 있었던 작은 섬으로 돌아온 메이플
은 스노클을 달고 물속 물고기에게 촉수를 겨눈다.

"마비가 될까—?"

메이플이 왼손을 움직이자, 얽혀 있던 촉수가 확 풀어져 물
고기를 감싼다.

"좋아, 캐치!"

메이플이 촉수를 꾹 조이자 촉수에 붙들린 물고기는 호러 영화처럼 슥 사라졌다. 메이플이 촉수가 된 팔을 끌어올렸지만 어디에도 물고기의 모습은 없었다.

그렇다. 이 스킬은 방패에 설정한 것이다. 그래서 마비가 어쩌고 하기 이전에 이 촉수에는 【악식】의 성질이 남아 있었다. 여전히 횟수 제한은 있지만 붙잡은 것을 집어삼켜 없애 버리는 그 모습은 아무리 보아도 사람 같지가 않았다.

"다, 다른 사람들한테 어떻게 소개하지……?"

평범한 것처럼 잘 이야기할 방법이 없을지 생각하던 메이플은, 얼마 후 결국 있는 그대로 직접 전달하게 되었다.

————————————————————————

750이름:무명의 대검 유저
슬슬 다들 몬스터 동료를 구했어?

751이름:무명의 창 유저
아직 상황을 보고 있어
어중간하게 키우다가 나중에 이게 더 좋았는데 하면 비참하잖아

752이름:무명의 활 유저
레어 몬스터 중에서도 조건이 쉬운 건 벌써 발견됐겠지

753이름:무명의 마법 유저
동물이 많지만 우락부락한 골렘 같은 게 있었으면 좋겠다

754이름:무명의 방패 유저
우리 길드는 몇 명이 몬스터를 동료로 삼았어

755이름:무명의 활 유저
메이플은 두 번째 동료를 찾았을까?

756이름:무명의 방패 유저
안 찾았지만 만들었지

757이름:무명의 대검 유저
그렇구만…… 근데 뭐를?

758이름:무명의 방패 유저
불길한 촉수

759이름:무명의 마법 유저
그렇겐 안 될 텐데

760이름:무명의 방패 유저

뭐…… 동료로 삼았다고 할지, 몸에 달았다고 할지…… 팔이 촉
수가 돼

761이름:무명의 창 유저

도무지 인간이 동료로 삼을 게 아닌데

762이름:무명의 마법 유저

인간형과 괴물형 사이의 중단 단계가 추가됐나

763이름:무명의 활 유저

인간형은 무슨

아니 뭐 그렇긴 하지만

그런데 인간 부분은 얼마나 남았나요……?

764이름:무명의 방패 유저

실제로 사람이랑 괴물 사이 같은 느낌이었어

효과는 나중에 이벤트에서 직접 확인해 줘

765이름:무명의 대검 유저

근데 메이플 스테이터스면 붙잡혀도 도망칠 수 있을 것 같아

766이름:무명의 창 유저
완전 약한 STR

767이름:무명의 활 유저
사람이라면 눈앞에 있는 여자애의 한쪽 팔이 촉수가 되는 모습에
사고가 정지할 테니까 첫 공격은 못 피할 것 같은데

768이름:무명의 방패 유저
뭔지 알아 나도 그랬어

769이름:무명의 마법 유저
몬스터를 몸에 달라고 만든 지역이 아니잖아

770이름:무명의 대검 유저
다음 이벤트 때는 키메라가 된 메이플의 모습을 보겠군

771이름:무명의 활 유저
마을에서 몬스터를 데리고 다닐 수 있다지만 라스트 보스 몬스터
는 좀……

772이름:무명의 창 유저
주인이 없는데도 쑥쑥 자랐구나

이번 먹이는 촉수인가요?

773이름:무명의 방패 유저
메이플은 챙겨 온 촉수를 타코야키처럼 해서 먹던데
연기랑 다른 검은 안개가 나왔지만 말이야!

774이름:무명의 마법 유저
그런 위험한 걸 먹으면 안 되잖아
────────────────────────────

이런 이야기를 나누던 다섯 명은 메이플이 촉수를 생으로 먹었다는 사실은 꿈에도 몰랐다.

4장 방어 특화와 추적.

　메이플이 촉수를 소개하고 며칠 후, 아직 몬스터 동료를 구하지 않은 세 사람은 길드 홈에서 어떤 몬스터를 동료로 삼을지 생각하고 있었다.

　"난 뭐 모두의 구멍을 메우는 역할이 많으니까. 하나에 특화된 것보단 재주가 많은 아이가 좋으려나. 점찍은 건 있는데."

　평소 애용하는 루빅큐브 모양 지팡이를 만지작거리며 그렇게 말한 사람은 【단풍나무】의 유일한 순수 마법사 카나데. 카나데 자신이 재주가 많기 때문에 '재주가 많은 아이'의 허들도 상당히 높았다. 이른바 레어 몬스터에 해당하는 테이밍 몬스터가 아니면 어림도 없겠지.

　"나는 회복력이 좋으면 잘 맞겠군. 마침 우리 길드에는 힐러도 없으니까……. 뭐, 지금 퀘스트를 하나 하고 있으니 그게 끝나고 나서 해야지."

　카나데의 말에 고개를 끄덕이고 자신이 테이밍 몬스터에게 바라는 조건을 든 것은 메이플과 같은 방패 유저인 크롬이다. 크롬은 메이플과 달리 받은 대미지를 회복 스킬로 회복함으로써 내구성을 높인다. 그러니 그에 맞는 몬스터를 동료로 삼으면 내구성이 더욱 상승할 것이다.

"나는 생산직에 맞는 몬스터를 찾을까 해. 전투직과 다르게 따로 있을 거라 생각하거든. 슬슬 정보도 나올 것 같은데."

생산직인 이즈는 우선적으로 동료들의 탐색용 아이템 제작을 맡고 있었기 때문에 본격적인 탐색은 이제부터다. 하지만 일단 생산직에 맞는 방향으로 결정하고 나면 정보 수집이나 탐색에 걸리는 시간은 확 줄어들 것이다.

아무튼 쉽게 말해 세 사람 다 각자의 강점을 살릴 수 있는 몬스터와 만나고 싶은 것이다.

하지만 조건에 맞는 몬스터도 몇 종류씩이라도 있으면 다행이다. 더구나 【단풍나무】가 이벤트에서 경쟁하는 상대는 게임 내 최강 클래스 길드인 【집결의 성검】과 【염제의 나라】가될 테니 그들에게 대항할 만한 잠재력이 있는 편이 좋다. 그래서 테이밍 몬스터 탐색에 신중해지는 것이다.

"테이밍 몬스터 찾기가 끝나면 다 함께 움직이기 쉽고 말이지. 좋아, 오늘 끝낸다는 마음으로 할까!"

크롬은 그렇게 말하고 일어선다. 찾는 대상이 서로 다른 이상 흩어져서 움직일 수밖에 없다. 다 함께 7층을 돌아다니려면 아직 시간이 좀 더 필요하리라.

"다녀와. 난 마을을 둘러보고 올까."

"나도 그럴까. 퀘스트가 있을지도 모르니까."

그리하여 세 사람은 각자 목적을 가지고 길드 홈을 나섰다.

◆ □ ◆ □ ◆ □ ◆ □ ◆

"그렇게 말은 했지만…… 목적지도 없는데."

카나데는 넓은 마을 안을 혼자서 총총 걷는다. 우선 마을에 눈에 띄게 변한 모습이 없는지 확인하고 있었다.

〈New World Online〉에서 신규 퀘스트 발생은 새로운 NPC 와 연동되는 경우가 많다.

카나데는 마을을 탐색하는 동안 스쳐 지나간 NPC의 얼굴을 전부 기억하고 있었다.

어디에 어떤 퀘스트가 있는지, NPC가 어디 있는지 이미 알려진 정보와 현재 마을을 대조해 보면 처음 보는 NPC는 금방 알 수 있다.

오늘도 평소처럼 정기 조사를 하는 것이다. 하지만 이 마을 자체가 새로 추가된 지 얼마 안 된 7층이다. 카스미가 찾아낸 것 같은 신규 퀘스트가 지천에 널렸을 리도 없다.

"어……?"

하지만 카나데가 평소처럼 성과가 없겠지 싶어 콧노래를 흥얼거리며 걷고 있을 때, 시야에서 남자 한 명이 걸어가는 것이 보였다. 시판 망토에 롱 소드, 버클러에 경갑. 어디에나 있을 법한 NPC.

하지만 카나데는 그 모습을 본 기억이 없었다. NPC 얼굴을 전부 기억하는 카나데에게 어디에나 있을 법한 남자의 모습은 정말 이상한 느낌을 주었다.

"따라가 볼까? 어차피 한가하고."

카나데는 마을을 돌아다니길 그만두고 그 남자의 뒤를 따라가기로 했다.

남자는 아무것도 안 하고 마을 안을 이리저리 돌아다닌다. 카나데도 질리지도 않고 싱글싱글 웃으며 일정한 거리를 두고 그 뒤를 따라간다.

한동안 그러고 있자, 남자가 갑자기 루트를 바꾸더니 천천히 인적 없는 골목 쪽으로 걸어가 집 안으로 들어갔다. 카나데도 그 뒤를 좇아 몰래 문을 열어 봤다.

"없네……?"

이 집에 들어온 건 확실하게 목격했으니 뭔가 사라진 이유가 있을 것이다.

"최근에는 꽤 자주 로그인했으니까…… 헛발질은 아니라고 생각했는데……."

지금까지 계속 놓치고 있었을 가능성도 없지는 않다.

하지만 카나데의 감은 뭔가 있다고 말하고 있었다. 카나데는 한동안 집 안을 조사했지만 아무것도 찾지 못하고 방에 있던 의자에 앉았다.

"후, 뭔가 있을까 했는데 말이야."

카나데는 의자에서 일어나 방을 나가려고 문고리를 잡았다.

"아무것도 없나……."

카나데는 그렇게 중얼거리고 밖으로 나왔다.

"……라고 말할 줄 알았지?"

그리고 잠시 후 다시 방에 들어갔다. 위화감이 있는 것에는 이유가 있다. 납득이 갈 때까지는 이 집에서 떠날 마음이 없었다. 카나데는 뒤에 의식을 집중하고 있었기 때문에 문을 열 때 작은 소리가 난 것을 알아챘다.

"흐음……."

카나데가 안에 들어가자 조금 전과 똑같아 보이는 인테리어가 눈에 들어왔다. 테이블, 의자, 침대, 책장. 하지만 책장의 책 배열이 딱 한 권 달라진 것을 카나데가 눈치채지 못할 리가 없었다.

"여긴가."

카나데가 책을 건드리자 그 책은 슥 투명해지더니 흐물흐물하게 형태를 무너뜨리고는 슬라임 모습이 되어 무시무시한 속도로 카나데의 손을 피해 도망쳤다.

"겨우 찾았다. 마을에 마련된 도서관에도 도움이 되는 정보가 있구나."

카나데가 찾던 몬스터는 바로 사물의 모양을 똑같이 베껴서 흉내 내는 슬라임이었다. 그리고 카나데가 슬라임을 발견하자마자 퀘스트가 발생한다.

> **【베끼는 거울】**
>
> 퀘스트 클리어 조건. 이벤트 몬스터【미러 슬라임】격파.

"【베끼는 거울】인가. 좋은데."

카나데는 당연히 퀘스트를 받고 집에서 나와 필드를 걸어갔다. 구체적인 명칭은 안 나와 있지만, 카나데는 가야 할 장소를 이미 알고 있었다. 이벤트가 있으리라고 추측되던, 거울 같은 단면에 몸이 비치는 거대 결정이 늘어선 동굴이다.

"자, 이제 다음은 예상했던 능력에 가까우면 좋겠는데."

최근에는 전투를 별로 안 했기 때문에 마도서도 충분히 저장돼 있다. 카나데는 얼른 공략해 버리기로 마음먹고 목적지로 향했다.

목적지 동굴에 당도한 카나데는 언제 전투가 벌어져도 상관없도록 책장을 전개하면서 슬라임을 찾아 걸음을 옮긴다. 힌트대로라면 여기 있을 터였다.

동굴은 별로 크지 않지만 반사율이 높은 수정으로 되어 있는 탓에 내부는 미러 하우스처럼 탐색하기 몹시 어려웠다.

머리가 진짜 똑똑한 카나데가 아니라면 말이지만. 카나데는 진행 루트를 너무도 쉽게 발견해내고, 도중에 나오는 몬스터를 마도서로 해치웠다.

"⋯⋯찾았어."

카나데는 얼마 안 가서 최단 루트로 최심부에 당도했다. 아무것도 없는 것처럼 보이지만, 숨어 있는 슬라임의 의태(擬態)를 금방 간파하는 것은 카나데에게 손쉬운 일이었다.

거울처럼 카나데의 모습을 비추던 결정이 흐물흐물하게 형태를 무너뜨리고 슬라임으로 돌아가더니, 다시 다른 형태로 변한다. 투명했던 모습에 색이 입혀지고 세세한 부분까지 만들어진다.

"과연⋯⋯ 생각보다 시간이 걸릴 것 같네."

카나데는 나직하게 중얼거렸다. 카나데 앞에는 자신과 꼭 닮은, 마치 거울에 비친 듯한 카나데의 모습이 있었다.

그 몸 주위에는 카나데와 똑같이 책장이 떠 있고 책이 빼곡하게 꽂혀 있다.

카나데는 메이플과 사리가 제2회 이벤트에서 싸웠다는 도플갱어를 떠올렸다.

"자, 승부를 내 보실까."

그렇게 말하고 카나데가 책장에서 책을 꺼내자 슬라임도 똑같이 책을 꺼낸다. 쓸 수 있는 스킬 종류가 같다면 사용 방법이 우열을 가리게 된다. 카나데는 책장의 내용물을 정확하게 파악하고 있었다. 책등을 보기만 해도 어떤 마법이 어느 타이밍과 범위로 발사되는가 하는 것까지 알 수 있는 수준이었다.

그래서 상대가 어떤 수단을 고르든 대처 방법을 순식간에 끌어내 회피할 수 있다.

카스미의 【심안】처럼 뭐가 위험한지 완벽하게 파악할 수 있는 것이다.

"【열화의 마탄】, 【사령의 목소리】."

카나데의 모습이 된 슬라임은 책 두 권을 꺼내 유도 성능이 있는 불덩이를 쏘는 마법과 즉사 효과를 광범위로 뿌리는 마법을 발동한다.

"어차, 【대(對) 마술장벽】! 【축복의 옷】!"

카나데는 발동 전부터 그 스킬이 올 줄 알고 있었기 때문에 마법에만 효과가 있는 대신 강력한 장벽과 지속 회복 효과와 즉사 내성을 같이 부여하는 빛의 막을 펼쳐 대응했다. 업화는 장벽에 직격해 터지고, 무시무시한 사령의 목소리는 빛에 감싸여 사라진다.

"레어한 것도 마음대로 쓰는구나……. 온존해 두긴 어려운가……."

카나데는 스킬로 대량의 마도서를 보유하고 있지만, 그것들은 전부 일회용이다. 앞으로 있을 이벤트에도 대비해야 하는 카나데와 마음껏 쓸 수 있는 슬라임은 상황이 다르다. 피할 수 있는 것은 피하고 도저히 피할 수 없는 것만 대처용 방어 마법으로 막는다.

"사용 방법이 능숙하지 않은 만큼 좀 나은가? 뭐, 그래도 싫지만 말이야."

멀리서 서로 마법을 쏘아 봤자 결판이 안 나겠다 싶어서 거리를 좁히는 카나데에게 큰 파도와 땅의 균열, 번개가 덮쳐든다.

"【마력비행】, 【위력감쇠】, 【안티매직】!"

【마력비행】으로 두둥실 떠올라 땅의 균열을 피하며 가속하고, 번개와 큰 파도는 어쩔 수 없이 이중 대미지 감소 스킬로 버틴다.

버티기만 하면 【축복의 옷】이 회복해 준다. 원래 레어한 스킬이라서 회복량이 상당하다.

어거지로 큰 파도를 돌파했을 때 마법 효과가 끝나 카나데는 지면에 내려왔다. 그에 맞춰 슬라임이 다시 마도서를 파라락 펼친다. 그러자 이번에는 지면에 불길한 색깔을 띤 꽃밭이 펼쳐지더니 공중에서는 몇 개나 되는 사슬이, 앞쪽에서는 눈보라가 밀어닥친다.

"나도 그런 식으로 펑펑 쓰고 싶은걸. 【올 레지스트】, 【파이어 스톰】, 【소환:디코이】."

폴짝폴짝 뛰어 거리를 좁히면서 지면의 독꽃이 뿜는 상태이상 범벅 꽃가루 효과를 무효화하고, 눈보라를 열기의 파도로 막고 사슬의 대상을 미끼로 바꾸어 피한다.

재빠른 대응 덕분에 카나데는 마침내 슬라임에게 육박했다.

"응, 역시 그렇게까지 완벽하게 움직이지는 않는구나."

카나데는 마도서를 여럿 꺼내 단숨에 공격으로 전환한다. 모두 스킬의 대미지 감소 효과를 받지 않는 최고 클래스 공격 마법이다. 대신 사거리가 짧지만 지금 위치라면 문제없다.

"【파멸의 숨결】, 【신벌】, 【중력의 도끼】!"

검은 불꽃과 번개 같은 빛이 눈에 보이지 않는 힘으로 지면에 박힌 슬라임을 불사른다. 대응하여 몇 개나 발동한 방어 마법이 전부 의미가 없어서, 슬라임은 확 사라지고 땅에 휴면 상태 같은 투명한 핵만이 남는다. 다시 거리가 벌어지면 풍부한 방어 마법 때문에 전투가 길어질 뿐이다. 한 번의 기회로 단숨에 결판을 낸다는 카나데의 작전은 성공했다.

"후우…… 이만큼 흉내를 낼 수 있으면 숨지 않고도 잘 살 것 같은데 말이야……. 자, 그럼."

카나데는 핵을 줍고 설명을 확인한다. 50종류의 스킬 또는 마법을 발동하면 부활하여 동료가 된다고 적혀 있었다.

"50종류인가. 뭐, 책에도 지식을 추구하여 다른 생물로 변신한다고 적혀 있었으니까."

50종류라고 하면 많아 보여도, 별로 중요하지 않은 스킬까지 배워 두면 가능한 숫자다. 하지만 카나데는 일부러 스킬을 익히러 갈 필요가 없었다. 곧장 그 자리에서 쓸 데가 없을 듯한 마법 50개를 발동한다. 마도서도 써야 했지만 원하던 테이밍 몬스터를 손에 넣는 데 필요한 비용인 셈이다. 50번째 마법을 발동하자 덩어리가 흐물흐물 녹아 슬라임 형태로 돌아갔다.

동시에 카나데의 손에 메이플과 다른 사람들이 장비하는 것과 똑같은 【인연의 가교】가 나타났다.

아무래도 이것으로 퀘스트 완료인 듯했다. 카나데는 동료가 된 슬라임의 스테이터스를 확인한다.

미러 슬라임

Lv1　　HP 200/200　　　　MP 200/200

【STR 10】【VIT 20】

【AGI 45】【DEX 50】

【INT 80】

스킬

【의태】【휴면】【각성】

"생각했던 것보다 강하구나. 7층에서 전력으로 쓴다고 생각하면, 이래야 하려나."

이거 반가운 오산이었다며 카나데는 기뻐한다. 그리고 메이

플과 사리가 했던 것처럼 자신도 이름을 붙여야 한다는 데 생
각이 미쳤다.

"이름…… 음, 【소우】로 하자. 자, 【의태】."

카나데가 반지를 끼면서 소우에게 명령하자 소우는 카나데
와 완전히 똑같은 모습을 취한다. 물론 주위에 떠 있는 책장
속 마도서까지 완전히 똑같다. 마이와 유이보다 쏙 빼닮은,
아니 완전히 동일한 두 사람은 각자 잘됐다는 듯 웃는다.

"응, 좋은데! 아하…… 스킬 위력은 절반으로 떨어지는구
나. 뭐, 충분하려나. 강점은 그 부분이 아니니까."

아무래도 적으로 나왔을 때만큼은 아니지만, 그래도 마도서
를 두 배로 쓸 수 있다는 점에는 변화가 없다.

"다음은 어디까지 제어할 수 있는가……. 뭐, 그건 키워 봐
야 알겠지."

이걸로 더욱 재미있는 공격을 할 수 있게 됐다며 카나데가
키득키득 웃자, 소우도 똑같이 뭔가 장난을 꾸미는 듯한 짓궂
은 웃음을 지었다.

5장 방어 특화와 동행.

"어디 보자…… 뭔가 정보는 없을까."

슬슬 다른 플레이어들도 마을 조사를 거의 다 끝냈을 무렵이 겠지 싶어서 이즈는 정보를 확인한다.

사리가 정리해 준 정보를 대략 훑어본 뒤 마을에 설치된 정보 게시판을 확인하러 간다. 신규 아이템을 제작하느라 거의 공방에 틀어박혀 있었기 때문에 소재 아이템 조달 이외의 목적으로 외출하는 것은 오랜만이다.

"으음…… 몬스터 정보는……."

이즈가 동료로 삼을 수 있는 몬스터를 확인해 보니, 다양한 몬스터 정보가 올라와 있었다. 쉽게 동료로 삼을 수 있는 것 중에서 강한 몬스터는 마을에서 데리고 다니는 사람들을 자주 볼 수 있다.

"레어 몬스터가 아닌 것도 제법 세구나. 이런 건 사리가 확인 했겠지만…… 생산직에 맞는 몬스터는……."

그렇게 확인해 나가다 보니, 마침 최근에 발견된 몬스터가 있었다.

이 마을에서 생산할 수 있는 신규 아이템을 일정량 생산하는 것이 퀘스트 출현 조건인지, 이즈처럼 틀어박혀 생산에 몰두하던 플레이어가 최근에 막 발견했다.

정보로는 퀘스트를 깨면 작은 빛구슬 같은 모습을 한 정령을 입수할 수 있다는데, 아무도 하지 않았는지 어떤 능력인지는 알 수 없었다.

"응, 이거 좋은데! 이 애로 할까."

7층이 추가되고 나서 계속 생산만 했기 때문에 퀘스트 출현 조건에 있는 생산량은 여유롭게 돌파했다. 이즈는 의기양양하게 퀘스트를 주는 공방으로 갔다.

얼마 안 있어 민가에 도착했다. 지붕에는 커다란 굴뚝이 있고, 집 옆에는 소재가 가득 들었을 통과 나무상자가 쌓여 있다. 창문으로 보이는 실내에는 이즈에게도 익숙한 생산용 도구가 쫙 깔려 있다.

"여기구나. 조건을 만족하면 퀘스트가 발생할 텐데……."

이즈는 문을 열고 집 안으로 들어갔다.

안에는 흰 수염을 멋들어지게 기른 노인장이 있었다. 생산에 인생을 바쳤다는 것을 보여주듯이 좁은 방 여기저기에는 손때 묻은 도구가 놓여 있다. 이즈가 두리번두리번 안을 둘러보자 노인장이 말을 시작했다.

"여기 왔다는 말은 정령의 힘을 빌리려는 게로군. 흠…… 뭐 어느 정도 역량은 있는 듯하구나. 잠시 기다리거라."

이즈가 기다리자 파란 패널이 쏙 뜨고 퀘스트가 발생했다.

【세 가지 시련】

퀘스트 클리어 조건. 지정된 세 가지 아이템을 최대로 강화해서 표시된 능력을 부여한 상태로 납품한다.

"【세 가지 시련】, 꽤 어려울 것 같네……."

이즈는 물론 퀘스트를 받고 노인장의 행동을 기다렸다.

노인장은 서랍에서 종이 한 장을 꺼내더니 이즈에게 내밀었다. 종이에는 세 가지 아이템의 이름이 적혀 있었다.

"정령은 변덕스러운 존재야. 힘을 빌리면 좋은 물건을 만들수 있지만…… 그에 걸맞은 주인이어야 하지."

즉, 정령에게 인정받을 정도의 능력을 보이기 위해 이걸 만들어 와야 한다는 뜻이다.

"이건…… 그렇구나. 알았어."

이즈는 고개를 끄덕이고, 다음에는 세 가지 아이템을 완성하고 나서 오겠다고 마음먹고 민가를 뒤로했다. 종이에 있는 세 가지 아이템은 7층에 오고 나서 생산 작업을 계속했던 이즈도 본 적이 없는 물건이었다. 받은 종이에서 도안 자체는 확인할 수 있었지만, 아이템을 두 개 만들고 그것으로 다시 다음 아이템을 만드는 식으로 여러 차례 생산할 필요가 있어서 제법 끈기 있게 작업해야 할 것 같았다.

"작업하는 건 좋지만…… 난처하네."

종이에 있는 아이템을 제작하려면 강력한 몬스터가 드롭하는 소재가 많이 필요했다. 아무래도 생산이 주력인 이즈 혼자서는 토벌하기 힘들다.

"아무나 좀 도와달라고 할 수밖에 없겠네."

길드 멤버의 로그인 상황을 확인하고, 길드 홈으로 돌아오는 도중에 광장에 메이플과【염제의 나라】길드 마스터인 미이가 있는 것을 알아차렸다. 두 사람도 이즈를 보았는지 메이플이 크게 손을 흔들고 있었다.

"메이플, 수고가 많네. 어때? 탐색은 순조롭니?"

"네! 오늘은 미이가 레벨업 안 하겠냐고 해서요."

"어머, 그렇구나. 그럼 오늘은 부탁할 수 없겠네……."

메이플이 고개를 갸웃하며 무슨 일이 있었냐고 묻자 이즈는 조금 전 받은 퀘스트 이야기를 했다.

메이플은 도와주고는 싶지만 미이와 한 약속도 중요하다는 기색이었다. 그 대화를 옆에서 듣던 미이가 생각에 잠긴 듯 입가에 손을 대고 있더니, 이즈의 퀘스트 이야기가 끝나자 한 가지 제안을 했다.

"그렇군. 그럼 셋이서 가지 않겠나? 듣자니 나름대로 힘든 구역에 가는 것이지? 그렇다면 우리의 목적인 레벨업도 기대할 수 있다."

"괜찮아? 미이?"

메이플이 그렇게 말하자, 미이는 메이플에게만 보이게 윙크를 했다.

"물론. 그리고, 후후…… 라이벌의 현재 능력을 볼 수도 있으니 말이다."

이것 또한 미이의 본심이기는 하지만, 또 하나의 동기는 메이플과 이즈를 돕고 함께 놀고 싶은 마음이다.

"다행이야. 그렇다면 부탁해도 될까? 당연히 확실하게 지원해 줄게."

"그래, 상관없다."

"그럼 가자, 가자!"

그리하여 이즈가 선두에 서고 메이플과 미이가 따라간다. 메이플 일행이 별로 가지 않는 바람에 수량이 많이 부족한 소재도 있어서, 첫 목적지는 화산으로 잡았다.

"제법 머니까…… 【포학】 쓸까? 시럽 타고 갈래?"

"도중에 전투가 벌어지면 결국 시간이 걸릴 테고…… 시럽을 타고 가는 편이 나으려나."

둘이서 의논하는데 미이가 가로막았다.

"더 좋은 방법이 있다. 후후후…… 이제는 메이플만이 하늘을 날 수 있다고 여기지 않는 것이 좋을 거다. 【각성】!"

미이가 그렇게 말하자 반지가 붉게 빛나고 긴 꽁지와 오렌지색 깃털을 가진 새가 나타나 팔에 앉는다. 날개깃 끝에서 붉은 불꽃이 일렁이며 길게 뻗은 것이, 근처 숲에 있는 평범한 새가 아니라는 것을 알 수 있다.

"오—!! 그게 미이의 파트너구나! 아, 원래 오늘은 이걸 보여달라고 할 예정이었거든요."

"그렇구나……. 모델은 불사조……일까."

너무 멋지다며 흥분해서 새를 바라보는 메이플을 보고, 미이가 자랑스럽게 파트너를 【거대화】시킨다.

"이그니스, 【거대화】하거라!"

그러자 이그니스라 불린 새가 세 사람에 등에 타도 될 만큼 커졌다.

"이러면 금방 도착할 거다. 자, 출발하자!"

미이가 그렇게 말하고 올라가기 힘들어하는 메이플의 손을 잡아주면서 등에 오른다. 메이플은 그때 미이에게 몰래 말을 걸었다.

"신났네."

"웃, 빠, 빨리 보여주고 싶었는걸! 어때?"

"응, 엄청 멋있어!"

메이플의 말에 만족한 듯이 미이가 다시 웃는다. 그사이 이즈도 올라타고, 세 사람은 이그니스를 타고 화산으로 날아갔다.

새 타입 몬스터인 만큼 이그니스는 빨리 날아서 목적지인 화산에 빠르게 도착할 수 있었다. 세 사람은 분화구 부근까지 와서 이그니스에 탄 채 분화구를 들여다보았다.

"이 안이구나. 던전 입구가 있을 거야."

"그래, 내게 맡겨라. 이곳은 잘 안다. 이그니스를 동료로 삼은 곳이니 말이다. 자, 이그니스!"

미이는 이그니스에게 지령을 날리고 분화구로 내려간다. 그러자 도중에 발판이 나오고 거기서부터 좁은 입구가 이어지는 것이 보였다.

"여기군. 이그니스는 너무 좁아서 못 들어간다. 걸어서 갈 수밖에 없겠군."

미이는 두 사람을 발판에 내려주고 이그니스를 원래 크기로 되돌렸다.

"으음, 뭐가 필요하댔죠?"

"도중에 나오는 광석과 식물, 보스인 용암룡의 소재야."

"헤, 이런 곳에도 식물이 있구나……."

"보통은 없겠지. 놓치기 쉬운 빨간 식물일 거다. 주의해서 찾는 게 좋다."

화산에서 찾을 물건이 있는 사람은 이즈라서 세 사람은 이즈를 선두로 하여 일렬로 동굴 안을 나아간다. 메이플이 【헌신의 자애】를 발동하고 있어서 탐색은 안전하다. 동굴은 개미굴처럼 여러 방과 좁은 통로로 구성되어 있었다. 그리고 맨 안쪽에 마그마 웅덩이가 있고 그곳에 용암룡이 있다.

"미이, 불 속성 몬스터하곤 상성이 나쁘지 않아?"

"그래, 나쁘다. 하지만 나도 성장했다. 보여주마."

이즈가 부지런히 광석과 식물을 모은다. 메이플과 미이는 채집 스킬의 레벨이 낮거나 아예 없거나 해서, 이즈가 찾는 레어 소재는 채집할 수가 없었다. 그래서 여기서는 호위에 전념했다.

그렇게 이즈가 채집하는 중에 불꽃이 타오르는 파지직 소리와 함께 거대한 불구슬이 몇 개나 나타났다. 불구슬들은 의지를 가진 것처럼 입을 쩍 벌리고 작은 불구슬을 만들어내기 시작했다.

"늘어나기 전에 정리하자. 【염제】! 이그니스 【연계 화염】!"

미이가 이그니스와 함께 싸우는 것을 보고 메이플도 시럽을 불러내 거대화시킨다.

"응! 【전 무장 전개】! 【히드라】! 시럽 【정령포】!"

메이플은 평소대로 일제 사격과 독 공격을 쓴다. 상대가 불구슬이라서 시럽에게는 【대자연】으로 구속하지 말고 【정령포】로 위력이 강한 공격을 시킨다.

그리고 그 옆에서 미이가 달려가 화염구로 공격한다.

메이플은 미이와도 가끔 파티로 함께 싸웠기 때문에 지금까지와 다른 점이 잘 보였다.

이그니스가 일정 간격으로 날리는 불꽃이 하늘을 날아 미이의 화염구와 접촉할 때마다 미이의 몸에서 불꽃 같은 오렌지색 오라가 치솟고, 미이의 공격력이 올라가는 것이다. 메이플의 사격보다 훨씬 강한 위력으로, 상성이 나쁜 불 속성 몬스터를 불사른다.

"내 화력이 더 세다! 【호염(豪炎)】! 【창염(蒼炎)】!"

천장을 찌를 듯한 붉고 푸른 불길에 불구슬 몬스터가 아무것도 못 하고 사라진다. 대신 MP가 바닥이 났지만, 메이플이 거의 공격하지도 않았는데 몬스터를 쓰러뜨렸다.

"오오―! 엄청난 위력이야!"

"물론이다. 메이플도 본래는 방어력이 메인이지? 그런 메이플의 공격과 비교하면 화력이 세졌는지도 모르겠군."

"우우…… 확실히 그래. 【히드라】는 게임 시작했을 때부터 계속 쓰고 있으니까."

채집을 마친 이즈도 눈을 동그랗게 뜨고 그 광경을 보고 있다가, 전투가 끝나자 정신을 차렸는지 달려온다.

"정말, 엄청난 위력이네…… 아, 맞다. 자, 이거. 내 특제 포션이야. 답례로 받아 줘."

"음, 고맙다. 받겠다."

미이가 포션을 다 마시자 한 병에 MP를 다 회복하고 추가로 MP 자동회복이 빨라지는 효과와 일시적인 마법 공격력 상승 효과가 붙었다. 그러자 미이가 효과 시간을 확인하고 미안한 듯한 얼굴을 했다.

"음, 괜찮은가? 귀중한 물건일 테지. 이만한 효과는 본 적이 없다."

"말했잖아? 내 특제라고. 후후, 언제든 만들 수 있어."

"과연…… 그런가. 이즈도 【단풍나무】 멤버이니."

제4회 이벤트에서 【단풍나무】의 물자가 여유로웠던 것도 이즈 덕분이었나 하고 미이는 옛날 일을 되돌아본다.

"평소에는 지원 담당이라…… 내가 그런 말을 듣는 입장이 되니 어쩐지 신선하네."

평소에는 더욱 이상함을 전면적으로 보여주며 날뛰는 플레이어가 있지만, 그 멤버들의 아이템과 함께 제4회 이벤트인 길드전에서 수많은 플레이어를 해치운 폭탄도 이즈가 만든 것이다. 전투는 완전 쥐약인 것처럼 굴지만, 아이템 효과를 강화하고 폭탄을 대충 뿌리기만 해도 어지간한 플레이어나 몬스터는 폭사(爆死)한다.

"여하간, 이렇다면 얼마든지 공략할 수 있다. MP와 HP 걱정도 없어졌으니 말이야."

메이플이 쓰는 【헌신의 자애】의 범위 방어로 HP가 줄어들지 않고, 이즈의 포션으로 MP도 회복할 수 있다. 그렇다면 공격에 맞기 쉽고 연비가 나쁘다는 미이의 약점은 없어진 거나 다름없었다.

"공격은 미이한테 맡길게!"

"그래, 보스까지는 편하게 갈 수 있을 거다."

던전 내부를 잘 아는 듯한 미이를 선두에 세우고 목표 아이템을 채집하면서 안쪽으로 나아간다. 미이의 선언대로 도중에 나타난 몬스터는 전부 화염 속성이었지만 상성이 나쁘다고 생각할 수 없는 속도로 미이에게 격파당했다.

그리고 세 사람은 최심부에 당도했다.

그곳은 빛나는 마그마가 호수처럼 모인 광대한 공간으로, 걸을 수 있는 지면에서도 마그마가 콸콸 솟아나고 있었다.

"으으, 저긴 대미지 받을 것 같은데, 걸어가면 안 되겠지?"

"아니, 이곳에선 고정 대미지가 없다. 그만큼 강력한 몬스터가 있지만 말이지."

지난 이벤트에서 괴롭힌 고정 대미지 지형이 생각났지만, 아무래도 이번에는 그 기믹이 없는 모양이라 메이플은 가슴을 쓸어내렸다.

"여기다. 온다!"

"응!"

"그래!"

미이가 화염구를 생성하고, 메이플이 병기를 전개하고, 이즈가 폭탄을 준비한다. 각자 준비가 끝나자마자 마그마가 폭발하듯 치솟고, 온몸에서 용암을 뚝뚝 흘리면서 우락부락한 검은 용이 나타났다. 이번에는 미이가 앞으로 뛰어드는 데 맞춰서 메이플과 이즈도 각각 거리를 좁힌다. 보스쯤 되면 조금이라도 더 화력이 필요한 것이다.

"나도 신기술을······【심해의 부름】!"

직선 이동이라면 병기를 폭파한 힘으로 날아가는 메이플이 미이보다 빠르다. 마그마에서 느릿느릿 기어 나온 용의 머리에 직접 부딪칠 듯한 각도로 날아간 메이플의 왼팔이 검은 안개를 내뿜는 거대한 촉수가 된 것을 보고 미이가 눈을 확 뜬다.

"타아앗!"

메이플이 얽혀 있던 촉수를 확 펼치자 마치 괴물이 커다란 아가리를 벌린 것처럼 다섯 개로 나뉘고, 용의 머리를 감싸듯 오므라든다. 그와 동시에 촉수 안쪽에서 무시무시한 양의 대미지 이펙트가 터지고 용의 HP가 대폭 감소했다.

메이플의 공격력 자체는 똑같았다. 그러나 원래는 연속으로 맞히기 어려웠던 【악식】이 촉수마다, 다시 말해 한 번에 다섯 번 분량이 발동하면 순간적으로 대미지가 확 늘어난다.

메이플에게는 활용하기 어려운 구속 효과나 마비 효과보다 그 효과가 훨씬 좋았다.

"메이플! 한 방 더! 【폭염】!"

공격을 마치고 떨어지는 메이플. 그리고 그 의도를 파악한 미이가 폭발로 일으킨 바람으로 다시 쏘아 올린다.

메이플은 공중에서 자세를 바로잡고 다시 한번 용을 향해 촉수를 뻗는다.

"그아아아아!"

"안 통해!"

용이 아가리를 쩍 벌리고 열선을 쏘지만 【악식】을 가진 촉수가 그것을 집어삼키고 다시 얼굴을 물어뜯는다. 그러자 열선과 비슷한 붉은 대미지 이펙트가 다시 터진다.

"이거라면…… 폭탄보다 이쪽이 낫겠어!"

이즈는 재빨리 작은 가방에서 아이템을 꺼내 미이 근처에 병을 여러 개 던진다. 병들은 깨지면서 지면에 몇 개나 되는 마법진을 그려 범위에 있는 미이의 마법 위력을 확 끌어올린다.

"이거라면…… 【매직 부스트】, 【체인 파이어】! 이그니스, 부탁한다!"

미이는 더욱 마법 위력을 올리고 이그니스에게 뛰어올라 가속하면서 보스의 등 쪽으로 날아간다. 등에 약점이 있다는 것을 미이는 알고 있었다.

미이는 용의 등에 내려서 【염제】로 만들어낸 화염구로 잇달아 용의 몸을 불태운다. 【연계 화염】으로 더 강해진 불꽃이 【체인 파이어】로 더욱 큰 대미지를 낸다.

"이그니스! 【불사조의 성화(聖火)】! 【홍련의 불】!"

이그니스와 함께 쏜 불꽃이 용의 등에서 작렬한다. 불꽃에 지지 않을 정도로 대미지 이펙트가 터져 나오고 용이 괴로운 듯이 포효한다.

연비를 깡그리 무시하고 얻은 화력은 겉보기만 그럴싸한 게 아니라서, 메이플의 5연속 악식에도 밀리지 않는 대미지를 때려 넣었다.

대미지를 받아 경직했던 용이 간신히 반격에 나섰지만 메이플이 【헌신의 자애】로 모든 공격을 받아내고, 이즈가 처음에 병이 깨졌던 장소를 중심으로 MP 회복 포션을 던지고 있어서 미이의 공격이 멈추지 않는다.

"이걸로 끝이다!"

그리고 마그마보다도 격렬하게 타오르는 화염 속에 있던 미이는 너무도 쉽게 화산의 주인을 불살랐다.

전투를 마치고 이즈가 드롭 아이템을 회수하러 멀어진 타이밍에 미이가 메이플에게 다가간다.

"자, 잠깐만! 아까 그거 뭐야!"

"에헤헤, 나도 보여주고 싶은 게 있다고 했잖아?"

"아니, 뭐, 말했지만…… 저런 느낌일 줄은 몰랐다구."

미이에게는 엄청나게 강한 공격이 새로 생긴 걸로만 보인다. 실제로는 지금까지 하던 짓과 별차이가 없지만 외형이 격하게 변한 탓에 그 사실을 깨닫지 못했다.

"보스한테 시험해 보고 싶었어. 이거라면 필살기가 되려나?"

"돼, 돼. 아, 화력이 부족해졌을 줄 알았는데, 꼭 그렇지도 않네."

"이그니스를 보여줬으니까, 나도 뭔가 보여주고 싶었거든."

메이플이 그렇게 말하고 천진난만하게 웃자, 미이의 얼굴에도 따라서 웃음이 번진다.

"다음 길드전까지 메이플 대책을 생각해 놔야겠어. 공격 면도, 물론 방어 면도."

"후후후, 받아 주겠어! 게다가 다들 엄청 세졌거든."

"그렇겠지…… 실감했어."

미이가 이즈를 흘깃 본다.

【단풍나무】에는 강력한 백업 요원이 없을 줄 알았는데, 그렇지 않았다고 인식을 바꾸었다. 오히려 아이템을 충분히 활용한 이즈의 지원 능력은 타의 추종을 불허하는 수준이라 할 수 있다.

이야기를 나누는 사이에 이즈가 소재 회수를 끝내서, 세 사람은 새로운 목적지로 향했다.

"다음은?"

"절벽에 둥지를 튼 괴조 알과 설산의 얼음꽃…… 바닷속 산호에다 전갈에서 모으는 독…… 모피 같은 것도 있네."

도안을 훑어보면서 이즈가 필요한 소재를 줄줄 말하자 그 많은 양에 메이플의 눈이 핑핑 돌았다.

"엄청 힘들 것 같아……. 어떤 아이템이 만들어져요?"

"세 가지 다 실용성은 없어. 조합 스킬로 만드는 약하고, 대장장이 스킬로 만드는 검, 재봉 스킬로 만드는 옷이야."

이즈의 말대로, 약과 검이라도 완성한 아이템은 이벤트 전용이라 다른 용도로는 쓸 수 없다.

그러나 생산 스킬을 전부 올리지 않으면 완성하기 어려워서, 생산직에게도 어려운 퀘스트임은 틀림없었다.

"우선은 끈기 있게 모을 수밖에 없어. 오늘 하루 가지고는 아무래도 힘들지."

"전 언제든 도울게요!"

"그래, 시간이 맞으면 나도 불러도 상관없다. 그럼, 이그니스가 있으면 편해지는 곳부터 가 볼까."

"응, 고마워! 그럼…… 절벽이 좋겠어."

"알겠다. 내게 맡겨라."

미이는 이그니스에게 명령하고 방향을 휙 틀어서 절벽이 있는 곳으로 향했다.

이즈는 이때부터 며칠 동안 소재를 모으려고 사방팔방 뛰어다니게 되었다.

6장 방어 특화와 테이밍 몬스터.

다른 길드 멤버들과 마찬가지로 몬스터 동료를 찾으러 여기 저기 돌아다니는 남자가 있었다.

그렇다. 크롬이다.

"다음은 이쪽인가……. 후우, 길군."

그렇게 말하고 크롬은 입수한 지도 아이템을 펼친다. 그것 은 단순한 지도가 아니라 보물지도인 모양이다.

이것이 크롬이 진행하고 있는 퀘스트인데, 던전 탐색으로 발견한 지도에서 새로운 던전이 나타나고, 다시 그 던전에서 드문 확률로 드롭되는 지도에 표시된 곳에서 다시 지도를 입 수하고…… 이런 식으로, 이미 열 개가 넘는 지도에 표시된 장 소를 탐색했다.

그 과정에서 환금할 수 있는 보물 아이템은 여럿 입수했지 만, 아직 동료 몬스터는 나오지 않았다.

어느새 크롬이 탐색하는 곳은 비경이라 할 만한 밀림이나 눈 에 파묻힌 산 등이 되어, 하루에 여러 군데를 공략하기가 어려 워졌다.

"슬슬 끝날 것 같은데 말이지……."

크롬의 이번 목적지는 바닷가 동굴이다. 크롬은 이번 지도가 바다를 가리키는 것을 보고 메이플의 촉수를 떠올렸다.

"기왕이면 외모도 얌전한 놈이길…… 여긴가."

평소에는 입구가 바닷물로 막혀 있고 흉폭한 상어 몬스터가 사는 그 동굴은 시간에 따라 물이 빠져서 입구가 드러난다. 크롬은 사전 탐색으로 열리는 시간대를 발견해서 이번에 마침내 본공략에 도전하는 것이었다.

"바닥 상태가 나쁘군. 안쪽은…… 어두운가. 영차!"

크롬은 랜턴을 허리에 차서 광원을 확보한 다음, 방패를 들고 신중하게 걸음을 옮긴다.

도중에 너덜너덜한 옷을 입은 사람 뼈가 누워 있기도 해서, 더욱더 메이플에게 들었던 어딘지 모를 바위밭에 가까운 분위기가 감돌기 시작했다.

"유령 타입이면 동료로 삼을 수 없는데 말이야."

비록 유용한 몬스터라 해도 사리가 무서워했다간 【단풍나무】의 전력이 격감하고 만다. 그렇게 생각했을 때 크롬은 방패를 쑥 들어올렸다.

"엇, 진짜로 그런 타입인가?"

랜턴에 비쳐, 어둠 너머에서 녹슨 도끼나 세이버를 든 스켈레톤이 덜걱덜걱 뼛소리를 내며 다가온다.

"외길이라면 집단도 안 무섭지!"

수가 많아도 좁은 길에서는 한 마리씩 공격한다. 방패로 잘 받아내고 벤다.

일격에 쓰러뜨릴 필요가 없어서 공격을 받지 않도록 한 마리씩 좁은 길을 활용해 쓰러뜨린다.

"후우…… 예상대로 언데드 타입 위주인가?"

이곳이 어떤 던전인지는 아직 알 수 없다. 크롬은 앞으로 뭔가 있을 거라고 기대하면서 탐색을 계속했다.

"어휴…… 얼마나 쏟아져 나오는 거야."

크롬은 지친 기색으로 바위벽에 몸을 기대고 주저앉았다.

크롬이 예상한 대로 던전에서는 지금까지 무장한 스켈레톤이나 유령이 대량으로 나타났다. 하나하나는 별로 강하지 않아서 대미지를 받아도 회복이 늦어지지 않는 상태다.

"사리에게 도와달라고 할까 했었는데…… 이러면 안 부른 게 정답이었군. 꽤 많이 온 것 같긴 한데……."

갈림길도 있어서 제대로 가고 있는지 확신이 없다. 하지만 막다른 골목도 없이 길이 이어지는 터라 되돌아갈 이유도 없었다.

"엇, 납셨나. 편히 쉴 수도 없군."

크롬은 다시 낫을 든 유령과 창을 든 스켈레톤이 나타난 것을 확인하고 일어섰다.

"으랴앗!! 【활성화】! 【실드 어택】!"

크롬은 스켈레톤 몇 마리를 날려 버리고 그대로 도끼로 벤다. 크롬의 공격에 맞춰 유령 한 마리가 등 뒤로 전이해 낫으로 등을 베지만, 그 대미지는 개의치 않고 공격을 계속한다.

크롬이 메달로 취득한 스킬은 【활성화】다.

자신을 대상으로 하는 회복 효과를 강화한다는 단순명료한 그 스킬은 크롬이 쓰는 【배틀 힐링】 자기회복은 물론 【소울 이터】의 격파 회복, 【라이프 이터】의 공격 회복, 【흡혼】의 방어 회복 전부를 강화한다.

그 결과, 유령을 한 마리 정도 방치해도 눈앞에 있는 몬스터를 계속 공격하면 죽지 않을 정도가 되었다. 메이플과는 다른 방향으로 내구성을 추구하여, 찔끔찔끔 HP를 깎는 공격에 압도적인 우위를 손에 넣은 것이다.

크롬은 뒤돌아보고는 마지막으로 남은 유령의 공격을 방패로 쳐내고 HP를 완전회복시켜 공격으로 전환한다.

"좋아, 이걸로 마지막이다!"

크롬이 휘두른 도끼가 정확하게 유령에게 명중하고, 결국 모든 몬스터를 소멸시켰다.

"……후우."

다시 동굴 안에 정적이 찾아오고, 크롬은 도끼를 집어넣고 안쪽으로 나아가기 시작했다.

한동안 이동하는 중에도 몇 번인가 전투가 발생했지만, 별반 다를 것 없는 몬스터뿐이라 크롬은 냉정하게 처리해 나갔다.

"시간이 좀 걸리지만…… 안정적이군. 스킬 선택은 틀리지 않았나."

크롬은 어디까지나 방패 유저라서 공격력은 최소한이면 된다. 대미지도 줄 수 있는 메이플이 이상한 거다.

"오…… 넓은 장소로 나왔군. 저건……."

그곳은 과거에 바다였던 곳인지 안쪽으로는 바닷물이 고여 있고 바로 앞에는 육지가 있는데, 물 위에는 떠 있는 것도 신기할 만큼 너덜너덜한 배가 있었다.

"아아, 그런 얘긴가."

크롬이 한 차례 납득하자마자 화르륵 소리를 내며 배 위에 보라색 불꽃이 타오르고, 굵고 우렁찬 외침 소리가 들려온다. 그리고 동시에 너덜너덜한 배가 움직이기 시작하더니 선체를 옆으로 돌리고 육지로 다리를 세 개 놓아 대량의 스켈레톤을 내보내기 시작했다.

"해적선…… 유령선이라고 하는 게 나으려나? 이거야 원, 혼자서 싸울 상대가 아니잖아!"

하지만 쉽게 당할 마음이 없는 크롬은 지속 회복 효과를 부여하는 이즈의 포션을 비롯해 아이템으로 걸 수 있는 버프를 모조리 걸었다.

"오우, 어느 쪽이 끈질긴지…… 비교해 보자고!"

크롬은 도끼를 뽑고 방패를 들어서 대담하게 씩 웃었다.

굉음과 함께 유령선의 대포가 포탄을 쏜 것이 전투 개시의

신호가 되었다.

"【활성화】!【가드 오라】!"

크롬은 방어력과 회복력을 올리고 자신에게 날아오는 포탄에 방패를 내밀어 확실하게 받아냈다. 그러나 그대로 폭염이 흩날려 크롬의 HP를 깎아낸다. 직격보다는 낮지만, 그럭저럭 대미지가 들어온다.

"쳇, 막아도 대미지가 들어오나!"

그러나 다가오는 것만 해도 서른 마리는 족히 넘을 스켈레톤이 있어서 【배틀 힐링】이 발동한다. 추가로 이즈의 포션으로 HP가 쭉쭉 회복된다.

"【사령의 진흙】!"

선언과 동시에 도끼에서 검은 진흙이 질척하게 흘러나온다. 공격에 일정량의 추가 대미지 효과를 부여하는 스킬을 써서 빠르게 처리할 셈이다. 크롬은 몬스터를 하나씩 해치웠지만, 역시 수가 많아서 모든 방향에서 오는 공격을 다 받아내지 못하고 HP가 슬금슬금 깎인다.

"제길, 포격이 귀찮군…… 큭!"

포격을 받아내기 위해 방패를 든 순간 등 뒤로 돌아간 유령이 크게 휘두른 일격이 직격해 크롬의 HP가 0이 되었다.

그러나 【데드 오어 얼라이브】가 발동해 크롬 뒤에 해골이 나타나서 크롬의 HP를 1만 남기고 살아남게 해준다.

"좋았어! 오늘은 운이 좋군! 으랴앗, HP를 넘겨라!"

첫 사망 시에는【데드 오어 얼라이브】나【불굴의 수호자】중 하나가 발동해 반드시 버틸 수가 있다.

그렇다면 크롬은 공격적으로 움직여 적을 없애고 HP를 회복해야 한다. 그리고【데드 오어 얼라이브】가 발동하면【불굴의 수호자】를 온존할 수 있어서 또다시 적극적으로 공격할 수 있다.

어떻게든 버틸 수 있기 때문에 계속 나타나는 스켈레톤과 유령을 사냥했지만, 언제까지고 수가 줄어들지 않았다.

"끝이 없군! 보스는 어느 놈이냐……!"

스켈레톤과 유령에도 크기나 무기 등 개체마다 차이가 있었지만, 어디까지나 머릿수로 밀어붙이는 말단 선원이라는 인상을 지울 수 없었다.

그래서 크롬은 때마침 걸쳐진 다리에서 지원군이 육지로 내려온 타이밍에 아이템을 꺼내면서 억지로 포위를 뚫고 다리로 향했다.

"다음 지원군이 오기 전에 배에 올라가 주겠어!"

포탄의 비를 받아내고 피하며, HP를 유지하면서 배 가장자리에 손을 걸치고 단숨에 갑판으로 오른다.

갑판에는 호화로운 코트와 갑옷을 걸치고 해적 모자를 쓴, 날이 잘 갈린 세이버를 든 스켈레톤이 있었다. 한눈에 봐도 다르다는 것을 알 수 있는 그 스켈레톤의 HP 게이지 옆에는 동료로 삼을 수 있다는 마크가 없었다.

"다행이군. 이걸로 마음 편히 잡을 수 있어! 【불꽃 베기】!"

크롬이 돌격해 불꽃을 두른 도끼로 베자 보스도 보라색 불꽃을 두른 세이버로 대항한다.

둘이 서로 무기를 휘두르지만 대미지 대결에서는 방패가 있고 HP를 회복하는 크롬이 유리하다. 크롬은 집단 속에서도 살아남을 수 있지만, 일대일에서 그 진가를 발휘한다. 그리고 HP를 줄여 나가자 다리에서 스켈레톤들이 돌아오려고 했다.

"나도 그 정도는 대책을 세워 뒀다."

크롬은 일대일이라면 쉽게 지지 않는다는 것을 알기 때문에 부하 몬스터들이 보스를 도우러 오지 못하게 하는 것이 중요했다.

즉, 다리에 방해용으로 이즈 특제 지뢰쯤은 놔두고 왔다는 뜻이다.

대포에도 지지 않을 만큼 요란한 폭발음과 함께 스켈레톤이 대량으로 날아간다. 유령은 폭발 범위에서 벗어나 공중으로 슥 날아왔지만 크롬은 더욱 공격을 가속시켰다.

"【정령의 빛】!"

뒤에서 오는 유령을 무시하기 위해 받는 대미지를 0으로 만드는 스킬을 사용하고 더욱 맹렬하게 공격한다. 방패로 보스가 휘두른 세이버를 바깥쪽으로 튕겨내고, 마침내 도끼가 뼈만 남은 머리를 강타했다. 그러자 해골이 된 머리가 날아오르고, 동시에 스켈레톤이 부스스 무너지고 유령이 사라진다. 수

상쩍은 보라색 불꽃도 사라지고 수상에 정적이 돌아왔다.

"후우, 선장은 별것 아니었군. 자…… 뭔가 보물을 기대해도 되겠지?"

너덜너덜한 배의 갑판에서 선내로 들어갈 수 있었다. 크롬은 문이 떨어진 선실을 하나하나 확인하다가 짐이 쌓여 있는 방을 발견했다. 대부분 너덜너덜해지고 짐도 풀어져 있지만, 유일하게 열리지 않은 커다란 상자가 있었다.

"몬스터의 기척은 없나."

크롬은 경계하면서 상자에 다가가 도끼로 통통 두드려 보았다. 상자로 위장한 몬스터도 아닌 듯해서 마음을 굳게 먹고 상자를 열기로 했다.

상자에는 무기와 갑옷, 금화가 난잡하게 들어 있었다. 대부분 환금용 아이템인 듯해서 크롬은 고맙게 물건들을 인벤토리에 갈무리했다.

"엇, 이건……."

크롬은 금화 속에 묻혀 있던 반지를 집어 들었다. 잘못 봤을 리가 없다. 그것은 메이플에게 시럽을 빌렸을 때 장착했던 것과 똑같은 반지였다.

"일단 장착해 볼까……?"

주위에 몬스터가 없는 것을 신기하게 생각하면서 장비를 변경하자, 방 안에서 절그럭절그럭 소리가 나기 시작했다.

"뭐, 뭐지!? 어, 응?"

크롬의 눈앞에 믿기 힘든 광경이 펼쳐졌다.

마치 폴터가이스트라도 발생한 것처럼 갑옷이 떠 있었다. 팔과 머리 부분, 검과 방패 부분이 따로따로 떠 있어서 몬스터라는 걸 알 수 있었다.

그것을 툭툭 쳐 봤지만 적대하는 기색은 없었다. 크롬이 그대로 한 발짝 물러서자 절그럭절그럭 소리를 내며 따라온다.

"이 반지에 대응하는 건 너, 너냐?"

크롬이 능력을 확인하자 MP와 HP는 그리 높지 않고 스테이터스도 낮은 편이었다.

"스킬은 반지로 되돌리는 거하고…… 【영갑장착】?"

일단 발동해 보려고 스킬 사용을 명하자 둥둥 떠 있던 갑옷과 무기가 각각 크롬에게 장착되는 형태로 현재의 장비를 강화한다. 무기는 더욱 크고 날카롭게. 갑옷과 방패는 더욱 견고하게. 크롬이 파트너로 삼은 몬스터는 주인에게 장착되어 싸우는 몬스터였다.

"오오! 과연 그렇군!"

크롬은 테이밍 몬스터에게 회복 능력을 원했지만 그것은 자신의 전선 유지 능력을 강화하려는 면이 컸다. 장비가 통째로 강화되어 생존력을 포함한 스테이터스 전체가 향상된다면 파트너로서 더할 나위 없다. 게다가 갑옷이라는 형태를 취하고 있어서 앞으로 익히게 될 스킬도 방어 능력을 올려 주리라고 기대할 수 있다. 크롬은 만족스럽게 웃고 몸에 두른 갑옷을 다시금 살펴본다.

"뭐, 유령 타입이지만 이 형태로 싸울 일이 많을 테고…….
아마 사리도 괜찮겠지."

그렇게 독백하고, 크롬은 오늘은 이쯤에서 마치고자 갑옷의
이름을 생각하면서 던전을 뒤로했다.

갑옷을 동료로 삼고 나서 얼마 후 크롬이 길드 홈으로 와 보
니, 카나데의 파트너인 소우를 만지작거리는 길드 멤버들의
모습이 보였다.

"아, 크롬 씨! 보세요, 카나데의 테이밍 몬스터예요!"

왠지 카나데 본인보다 메이플이 더 기쁜 듯이 크롬에게 어필
한다. 크롬은 카나데도 마침내 몬스터를 동료로 찾았구나 하
고 슬라임을 찬찬히 살펴본다.

"슬라임인가, 그렇군."

"재미있어, 소우는. 마을에선 스킬을 못 써서 이렇지만 말이
야."

카나데의 목소리에 대답하듯이 소우는 녹아내리듯 지면에
떨어지더니 갑자기 탄력을 띠고 데굴데굴 굴러간다. 그걸 보
고 마이와 유이가 잡으러 쫓아간다.

"본격적으로 북적북적해졌군."

"아, 그 반지. 크롬 씨도 동료를 만들어 왔군요."

사리가 짚어내자 크롬은 머리를 벅벅 긁는다.

"그래, 뭐…… 모두하고는 느낌이 좀 다른데. 좋아, 사리! 미리 말해 둘게."

"뭐, 뭔데요?"

아무런 짐작도 안 간다는 듯이 사리가 고개를 갸웃한다.

"내 파트너는 내용물이 없는 움직이는 갑옷이야."

그 말을 듣고 사리도 크롬이 말하려는 바를 이해했는지 흠칫 반응하더니 굳었다.

"그게, 뭐. 네, 괜찮아요. 갑옷은 뭐, 저기 멋있는 편이니까."

긁어 부스럼이었나 싶어 난처한 듯이 중얼중얼 말하는 사리를 보고 크롬도 몬스터를 불러낸다.

"좋아, 네크로. 나와라!"

네크로라 이름 지은 갑옷은 보이지 않는 실로 느슨하게 이어진 것처럼 절걱절걱 소리를 내며 그 자리에 떠올랐다. 하지만 떠 있을 뿐 겉보기는 평범한 갑옷과 검과 방패다. 사리도 말은 그렇게 했지만 쭈뼛쭈뼛 네크로 쪽을 보더니 한숨을 쉬었다.

"좋아, 괜찮아……. 으으, 그치만 역시 언데드 같은 것도 있겠지…… 으에에."

현실도피도 겸하여 사리는 애써 그런 정보를 보지 않고 있었지만, 어렴풋이 그런 존재가 있다는 건 눈치채고 있었다. 이제는 때때로 결투를 청하는 프레데리카가 그런 쪽에 도달하지 않기를 빌 뿐이다.

"뭐, 이 녀석도 재미있는 몬스터야. 전원의 몬스터가 모이면 어디서 시험해 보고 싶은데……."

"그 전에 레벨을 올려야지. 내 몬스터도 아직 레벨이 낮아서 익힌 스킬이 하나도 없거든."

"응, 그렇지. 이제 이즈만 남았나?"

크롬이 모습을 찾아 두리번두리번 방안을 둘러보았지만 정작 이즈는 보이지 않았다.

"아아, 듣자니 아이템을 생산할 게 있나 봐. 또 공방에 틀어박혀 있어."

"저랑 사리도 소재 모으기를 도왔는데요…… 힘들었지."

"그치, 그만한 양을 전부 쓴다면……."

세 사람의 반응을 보고 꽤 힘든 일을 하고 있구나 싶어 크롬은 조금 걱정스러운 듯이 공방 쪽을 본다.

그때 마침 공방 문이 열리고 이즈가 녹초가 된 모습으로 나왔다.

"이, 이봐…… 괜찮아?"

"응? 아, 크롬. 어서 와. 나도…… 겨우 끝난 참이야."

상당히 끈기가 필요한 작업을 하고 있었는지, 그대로 잠들어버릴 듯한 모습이다. 이즈는 자기 뺨을 탁탁 두드리고 기지개를 쭉 켜고 나서 목적을 달성하러 가려고 했다. 피곤하지만 어쩐지 달성감에 찬 듯한 표정이었다.

"그럼 아이템을 제출하러 다녀올게."

"그래, 기대하지."

모두가 저마다 걸어주는 응원의 말에 이즈는 웃는 얼굴로 화답하고 제출 장소인 민가로 향했다.

◆ ◻ ◆ ◻ ◆ ◻ ◆ ◻ ◆

"좋아, 들어가자."

이즈는 집 안에 들어가 아이템을 꺼냈다. 시간이 지나면서 반짝반짝 여러 가지 색으로 빛나는 병 속의 약품에, 세세한 부분까지 정성스럽게 장식된 호화로운 옷, 그리고 보석이 박힌 호화 검집에 수납된 투명 칼날이 달린 의식용 검이다.

"훌륭하군. 이거라면 힘을 빌려주겠지. 따라오너라."

이즈는 노인장의 말에 따라 집 안쪽에 있는 지하로 가는 계단을 내려간다. 그곳에는 지하인데도 꽃과 풀이 넘치는 정원이 펼쳐져 있고, 중심에 희미하게 푸른빛을 발하는 마법진이 있었다.

"자, 이걸 손가락에 끼고 그 위에 오르면 된다. 보이는 것이 달라질 게야."

이즈는 그 말대로 반지를 끼고 마법진 위에 올랐다. 그러자 반지에서도 푸른빛이 새어나와 시야를 한순간 확 메웠다.

한순간 감았던 눈을 뜨자 눈앞에는 작은 날개가 달린 요정인지 정령인지 확실히 알 수 없는 것이 새하얀 빛구슬에 떠 있었다. 이즈가 주위를 보자 물이 담긴 항아리에는 파란 물덩어리가, 발밑의 꽃과 풀 근처에는 나뭇잎이나 꽃 날개를 가진 개체가 떠 있다.

"그것이 정령이다. 기본은 그 하얀 녀석이지. 하지만 장소에 따라서 다른 힘을 강하게 낼 수 있다. 지형이나 마법을 잘 써서 컨트롤하는 게야."

"그렇구나…… 속성 마법에 가까우려나? 여러모로 시험해 봐야 알겠네."

이즈는 눈앞의 하얀 빛에 페이라고 이름을 짓고 함께 길드 홈으로 돌아갔다.

7장 방어 특화와 이벤트 정보.

　마침내 모두의 파트너가 결정되었기에, 다음으로 【단풍나무】 멤버들끼리 능력을 시험해 보기로 했다.

　그래서 사리는 전원이 레벨을 올리는 사이에 어느 던전이 좋을지 조사하고 있었다.

　"여러 능력이 요구되는 곳이어야 약점도 보일 거고…… 여기로 할까."

　그리고 계획을 짜고 있을 때 길드 홈 문이 거칠게 쾅 열리고 프레데리카가 뛰어 들어왔다.

　"아~ 있다~! 겨우 찾았어~."

　"켁……."

　"결투하자~. 평소에 하던 그거그거~."

　사리가 프레데리카의 손가락을 흘끗 보자 사리가 낀 것과 같은 【인연의 가교】가 있었다. 사리는 프레데리카를 피해 이것저것 이유를 붙여 필드를 돌아다니고 있었는데 결국 마주치고 만 것이다.

　"아니, 뭐…… 으음……."

"왜~애~? 뭐 걱정되는 거라도 있어~?"

"그런 건 아니지만 말이야…….

히죽히죽 짓궂은 웃음을 띤 모습에 불길한 예감이 들지만, 물러서지 않는 프레데리카에게 끌려가고 만다. 사리도 프레데리카가 언데드를 동료로 삼았다면 무서워서 못 싸운다고 말하고 싶지는 않았다.

프레데리카는 이미 【단풍나무】에 익숙해져 길드 홈의 훈련장이 어디 있는지도 기억하고 있어서, 평소보다 더 기운차게 사리를 끌고 간다.

"그럼 평소대로 하자."

사리가 준비를 마치고 프레데리카에게 결투 규칙을 전달한다. 평소처럼 HP를 다 깎거나 항복하면 끝난다는 규칙이다.

"오케이~! 흐음~ 어떡할까나~."

프레데리카가 젠체하며 사리의 반응을 즐기는 사이에 카운트다운이 시작되었다.

사리는 평소보다 더 집중하여 말없이 때를 기다린다.

그리고 카운트다운이 0이 되고 결투가 개시됨과 동시에.

"【초가속】! 오보로 【순영】, 【그림자 분신】!"

사리는 무시무시한 기세로 가속하여 그대로 모습을 지우고, 다음에 나타난 순간에는 다섯 명으로 분신해 있었다. 전에 없이 전력을 다하는 사리에게 당황한 프레데리카는 반사적으로 요격 자세를 취하고 말았다.

"다중…… 후와앗!?"

"【물대포】! 오보로 【구속결계】!"

눈앞에 있는 다섯 명의 사리 중 하나는 【신기루】였다. 스르르 사라짐과 동시에 프레데리카의 뒤에서 목소리가 들리고, 발밑에서 대량의 물이 뿜어져 나와 공중으로 쳐올린다. 프레데리카는 저항하려 했지만 오보로의 스킬로 스턴이 먹혀서 움직일 수가 없었다.

"잠깐, 기다려! 기~다~려~!"

"【퀸터플 슬래시】!"

프레데리카의 요구가 통할 리도 없고, 낙하 중에 방어하지 못하고 고속 연타를 받아 단숨에 HP가 0이 되고 말았다. 땅에 철퍼덕 떨어진 프레데리카는 천천히 일어나 볼을 부풀린다.

"어쩐지, 지금까지 중에 제일 살기를 느꼈는데~."

"기분 탓 아니야……?"

"모처럼 오늘은 파트너를 보여주러 왔는데 말이야~. ……아, 맞다! 딱히 전투 중이 아니라도 되잖아~ 보여줄게~."

"어, 앗, 아니…… 잠까!"

이번에는 사리가 막으려고 했지만 그 요구도 통하지 않았다. 반지가 빛나고 무언가가 나온다 싶은 타이밍에 사리는 눈을 꽉 감고 양손으로 귀를 막았다. 잠시 동안 그러고 있자 프레데리카가 사리의 미간을 손가락으로 튕겨서 눈을 뜨게 만들었다.

그러자 히죽히죽 웃는 프레데리카와 머리 위에 앉은 작은 노란 새가 보였다.

"으에……?"

"이 아이가 내 파트너, 노츠. 후후후, 왜 그러실까~? 뭐가 나올 줄 알았는데~?"

"앗……! 프, 프레데리카!"

사리는 처음부터 놀림당했다는 걸 깨닫고 얼굴을 붉히며 그렇게 말하는 것이 고작이었다.

"의외로 귀여운 구석이 있잖아~. 전투 중의 움직임은 인간이 아니지만 말이야~."

프레데리카는 여전히 히죽히죽 웃으면서 사리를 본다.

"크으…… 다음에도 완전히 뭉개 줄 거야."

"바라는 바야~. 정정당당히 해서~ '졌습니다' 라고 말하게 해 줄 테야~. 그리고 노츠는 세거든."

거기까지 말했을 때 띵 하고 메시지 알림이 와서 두 사람은 일단 메시지를 확인했다. 메시지에는 다음 이벤트에 대한 세부 내용이 적혀 있었다.

이번에는 먼저 예선이 있다고 한다. 예선에서는 플레이어마다 생존 시간과 토벌한 몬스터의 숫자에 따라 포인트를 획득한다. 상위 플레이어부터 본선 구역이 정해지고, 순위가 높을수록 좋은 보상을 받는다. 예선은 개인전이므로 이미 테이밍 몬스터를 동료로 삼은 플레이어는 공격 수단이 늘어나고 대응 능력도 강화되어 유리해질 것으로 보인다.

"예선은 제1회 이벤트에 몬스터도 나오는 느낌이고…… 본선은 시간 가속으로 *PVE인가~. 힘든 이벤트가 될 것 같네~."

"살아남는 게 목적인 것 같으니까, 서바이벌이려나. 전원이 예선을 상위로 돌파하고 싶은데……."

대강 확인하고 나자 한 판 더 하자며 프레데리카가 자세를 잡는다. 그때 프레데리카에게 메시지 한 통이 더 왔다.

"켁, 페인이다."

"응? 무슨 예정이라도 있었어?"

"사리한테 패를 너무 많이 보여주지 말래~ 우~, 들켰나~."

"그것도 그러네. 또 겨루게 될지도 모르니까."

"하지만~ 그건 내 재량에 맡겼으니까~. 하고 싶은 대로 할 거야~!"

"하하, 페인도 고생이 많을 것 같네……."

그런 이야기를 하면서 두 사람은 2회전에 들어갔다. 결국 이 날은 다섯 번 결투했지만 사리가 전승을 거두었다. 하지만 프레데리카도 페인이 한 말을 지켰는지, 노츠라 부른 작은 새에게 스킬을 쓰게 하지는 않았다.

프레데리카와 결투한 뒤로 시간이 지나, 사리는 로그인한 메이플과 둘이서 길드 홈에 있었다.

---

* PVE : Player Vs Enemy. 유저와 적(몬스터 등)이 싸우는 컨텐츠.

"결국 프레데리카는 작은 새의 스킬을 안 썼지만…… 외양으로 생각한다면 버프나 디버프가 특기려나."

"그래?"

"그냥 예상이지만. 생각해 봐, 예를 들어서 마이와 유이의 곰이랑 비교하면 공격 타입이란 느낌이 안 들잖아?"

"그야 어느 쪽이냐고 한다면 지원 타입인 것 같아!"

"프레데리카도 자주 말했었고 말이야. 길드에서 넷이서 움직이면 마법 관련은 대부분 자기 일이 된다고."

"몬스터를 동료로 삼으면 여러 가지로 달라지겠네."

"그렇지. 잘하는 부분을 키우든지, 구멍을 메우든지……."

두 사람은 결국 여기서 생각해도 소용없다며 밖에 나가 보기로 했다.

필드 정보는 얼추 입수했지만, 지금은 두 사람이 어떻게든 클리어하고 싶은 이벤트가 보이지 않았다. 7층 이벤트는 어디까지나 테이밍 몬스터 관련 중심인 것이다.

그리고 사리가 정리한 정보를 둘이서 보면서 오늘 갈 곳을 정한다.

"메이플은 어디 가고 싶은 데 있어?"

"으음…… 바다는 갔고, 숲이랑 화산도 갔고. 으으음, 경치가 좋은 곳이라면……."

"완전 관광 기분이네……. 음, 그럼 여기저기 가 볼래?"

사리는 메이플의 모습을 보고 쿡쿡 웃고는 레벨업하기 좋은 구역과 이벤트가 많은 구역 등의 공략 정보를 닫는다.

"괜찮아!? 신난다―! 7층에는 여기저기 예쁜 데가 많거든!"

그러자 이번에는 메이플이 정리한 정보를 보여준다. 사리와는 다르게 어디서 예쁜 풍경을 볼 수 있는지, 어디에 귀여운 동물이 있는지 등 필드를 즐기기 위한 정보가 주르르 나와 있었다.

"그렇구나. 하지만 구역 간에는 꽤나 거리가 있는데, 이동 수단이 필요할까."

"【포학】으론 가기 힘든 장소도 있고…… 서두르려면, 사리가 업어줘야 할까?"

"뭐, 그럴 거라 생각해서 좋은 걸 준비해 놨어."

"……?"

메이플은 짐짓 딴청을 부리며 생글생글 웃는 사리 뒤를 이리저리 예상하면서 따라갔다.

"오오―! 빨라―!"

"꼭 잡아, 메이플! 떨어져도 괜찮겠지만!"

"굉장해―애!"

잠시 후, 메이플과 사리는 말을 타고 있었다.

신나서 까부는 메이플을 타일렀지만 사리도 바람을 가르고 쭉쭉 달려가는 감각을 즐기고 있었다.

말은 테이밍 몬스터와는 별개로 이동 전용 탈것으로 취급하며, 필드에서 길들여서 마을 시설에 맡길 수 있다. 다만 일정한 【DEX】가 없으면 잘 탈 수 없어서 메이플은 사리를 붙잡고 둘이서 타고 있었다.

"둘이서 타면 속도가 떨어지지만…… 좋은 말을 잡아왔으니까 제법 빨라!"

"역시 사리야! 고마워!"

"별말씀을! 이제 땅이 거칠어질 텐데, 떨어지면 안 된다?"

"아, 안 떨어져! 아, 거기서 오른쪽!"

"오케이!"

메이플의 안내에 따라 사리가 말의 진로를 바꾼다. 두 사람이 찾아온 곳은 시야 가득 펼쳐진 평원이었다. 높은 곳에서 내려다보니 중앙에는 강이 천천히 흐르고, 동료로 삼을 수 있는 수많은 몬스터가 있었다.

"이 근처에는 호전적인 몬스터가 안 나오고 레벨업하기도 별로지만 느긋하게 있기엔 딱 좋지."

"온 적 있어?"

"아니, 정보만. 정보를 모으는 사이에 모두 벌써 동료 몬스터를 정해 버렸지만 말이야."

"다들 빨랐지. 하지만 그만큼 맘에 쏙 드는 아이가 있었다는 뜻이니까."

두 사람은 말에서 내려 평원을 걸어간다. 이 평원에는 사리가 길들인 것과 같은 말이나 소와 물새 등 다양한 동물이 제각각 살고 있다.

"우우…… 전부 데려갈 수 없는 게 아쉬워."

"할 수 있으면 했어?"

"진짜로 전부는 무리지만, 귀여운 아이는 전부 데려가고 싶을지도."

"하하, 그 기분은 알 것 같아."

귀여운 몬스터는 많이 있을수록 좋다며, 메이플은 시럽을 불러내 껴안으면서 생글생글 웃는다.

"일단 레어 몬스터는 찾아 놓을까. 레어가 없는 구역은 없는 것 같고……."

"정보는 중요하니까!"

"자, 이 구역에서는 나도 공격 안 받으니까, 놀다 올래?"

금방이라도 평원을 뛰어다니고 싶은 듯한 메이플을 보고 조금 우스워하며 사리가 말하자, 메이플은 쑥스러운 듯이 웃고 나서 달려갔다.

"토끼야—! 기다려—!"

"저건 못 따라잡을 것 같네……."

토끼 무리를 쫓아가는 메이플을 보고, 사리는 그런 생각을 했다.

사리는 사리대로 한동안 평원에 있는 몬스터를 관찰하면서 경치를 즐겼다.

솔로일 때는 아무래도 효율을 중시하게 되는 사리에게, 이처럼 메이플과 느긋하게 보내는 시간은 소중하다.

맑은 강바닥에는 물고기가 헤엄치고 하늘에는 새가 날아다니지만 특별히 뭔가 이벤트가 일어날 낌새는 없었다.

"후우, 아무것도 없나. 순수하게 몬스터를 찾기 위한 장소일까? ……야—호! 메이플—?"

메이플에게 지금 뭘 하는지 물어보자 대답은 들리지만 모습이 보이지 않았다.

사리는 이상하게 생각하면서 맵을 확인하고 메이플이 있는 곳으로 걸어갔다.

"아아…… 알았다."

사리가 걸어간 곳에는 복슬복슬한 구체가 늘어서 있었다. 구슬양이라고 하는 이 몬스터는 그 이름대로 양털이 구슬처럼 되어 있다. 그리고 그 무리 속에 양털로 뒤덮인 메이플이 기분 좋은 듯이 파묻혀 있었다.

"완전히 동화돼 있어서 못 알아봤잖아."

"에헤헤, 그치—? 이 아이들 가끔씩 움직이는데, 그때 나를 통통 튕겨서 같이 운반해 줘!"

"그거…… 사실은 들이받고 있는 거 아니야?"

메이플이 이리 오라는 듯이 손짓해서 사리는 구슬양을 자극

하지 않게 메이플의 양털 속에 들어간다. 이제 이 과정에도 익숙해졌다.

"가끔은 느긋하게 지내는 것도 좋네!"

"후훗, 메이플은 대체로 그렇잖아?"

"어—? 그렇진 않을걸."

"엇, 느긋하게 있을 수도 없나."

사리는 구슬양이 움직이는 것을 느끼고 메이플의 양털 속에 몸을 묻고 밖으로 쑥 빠지지 않도록 거미줄로 고정했다.

"【헌신의 자애】! 만약을 위해서 써 놓을게."

"응, 고마워."

두 사람이 준비를 끝낸 것과 거의 동시에 양 무리가 대이동을 시작하여 평원을 달리기 시작한다.

따라서 스스로 달리고 있지 않은데도 메이플의 털구슬은 공처럼 차여서 앞으로 날아가 빙글빙글 돌았다.

대미지는 안 받지만 이렇게 회전하면 눈이 핑핑 돈다.

"잠깐…… 메이플! 엄청나게 도는데……."

"으에에, 아까는 더 느렸는데……."

사리도 어중간한 타이밍에 거미줄을 떼고 튀어나가면 대미지를 받을지도 몰라서 이대로 구를 수밖에 없었다.

그리고 어느 정도 지나자 버석버석 소리가 나는가 싶더니, 무언가에 부딪친 듯 충격이 오고 메이플의 털구슬이 정지했다.

"우우…… 엄청 돌았네……."

"그러네. 미안한데, 역시 좀 쉬었다가 나가야겠어."

"응, 나도 그럴래……."

위아래도 잘 모르게 될 만큼 구른 두 사람은 어지러움이 가라앉자 털구슬에서 얼굴을 쏙 내밀었다.

그곳은 전혀 본 적이 없는 장소였다.

눈앞에는 작은 샘이 하나 있고, 주위는 나무들이 울창하게 자란 숲속.

메이플과 사리가 들었던 버석버석 소리는 이 깊은 수풀을 억지로 헤쳤을 때 난 소리라는 것을 알았다. 두 사람을 여기까지 데려온 구슬양들은 샘물을 마시고 있는 것이 아무래도 대이동의 목적을 달성한 모양이다.

"꽤 많이 이동한 것 같아?"

"뭐, 그만큼 많이 돌았으니까 상당히 많이 왔겠지만…… 으음, 평원 밖으로 나와 버렸네. 아무리 그래도 좀 너무 많이 이동한 느낌도 드는데……."

"그렇게 넓었는데!? 양은 빠르구나……."

맵을 확인하자 원래 있던 넓은 평원을 빠져나와 더 멀리 떨어진 숲속에 있다고 나와 있었다. 평범하게 똑바로 왔다고 하더라도 좀 더 시간이 걸릴 듯한 위치다.

"모처럼 운반해 줬으니까 이 근처도 보고 갈래?"

"응, 좋아. 좀 더 쉴 겸해서."

사리가 메이플의 털을 깎아 움직이기 쉽게 만들고 둘이서 샘 쪽으로 걸어간다.

"가까이 가도 안 도망가네. 동료가 될 수도 있구나."

"이젠 못 데리고 가겠지. 폭신폭신하고 귀여운데."

메이플이 구슬양을 끌어안고 폭신폭신한 감촉을 맛보고 있자 그에 반응했는지 구슬양이 둥그런 몸을 부르르 떨었다.

"왓!? 와와왓!"

메이플이 그대로 튕겨 나가서 균형을 무너뜨리고 뒷걸음질 치다가 샘에 풍덩 빠지고 말았다.

놀란 구슬양이 도망치는 와중에 사리는 재빨리 샘에 다가가 【웹 슈터】 스킬로 메이플에게 거미줄을 연결해서 낚시하는 요령으로 끌어올린다.

"어휴, 괜찮아? 메이플."

"응, 깜짝 놀랐지만 괜찮아."

고맙다고 말하는 메이플을 땅 위로 끌어올렸을 때 사리는 어떤 사실을 깨달았다.

"메이플, 물속에서 뭐 빠뜨렸어?"

"어? 방패도 있고…… 단도도…… 응, 반지도 있어!"

"메이플, 이것 봐봐."

사리의 말에 샘을 들여다보자 바닥에 반짝 빛나는 무언가가 있었다.

"이 정도라면 잠수해서 확인할 수 있으니까 잠깐 기다려."

사리는 샘에 뛰어들더니 빛나는 무언가를 손에 들고 돌아왔다.

"영, 차! 후우……."

"어서 와! 으음…… 보석?"

사리의 손 안에는 흰 광석으로 된 구체가 있었다. 반질반질하고 희미하게 빛나는 것처럼 보이기도 한다.

"우선 아이템 설명을 보자."

『**흰색 열쇠**』

어떤 문을 여는 세 가지 열쇠 중 하나.

"어디에 쓰는 거지?"

"모르겠지만…… 아마 이것 말고도 비슷한 게 있지 않을까. 봐, 열쇠 중 하나라고 적혀 있잖아."

"우우, 이렇게 작은 걸 찾으려면 힘들 것 같아."

"힌트를 찾아야겠지. 아마 이걸 입수하기 위한 정보가 있을 텐데……. 이번에는 어째 잘 모르면서 도착했고……."

여기 온 경위를 떠올리고 사리는 조금 생각할 구석이 있는지 머리를 굴린다.

"이동하는 몬스터는 몇 종류인가 더 있을 거야. 그러니까 탐색하는 김에 다른 몬스터도 몇 종류 확인해 보지 않을래?"

"찬성, 찬성! 그래서 하나 더 입수하면 예상이 맞았다는 뜻이겠지!"

"맞아맞아, 목적이 하나 더 늘었다고 생각하자."

두 사람은 새로이 보석을 찾아내는 것을 목표로 삼고 탐색이라는 이름의 관광을 계속했다.

"우선은 말이 있는 데까지 돌아가야겠네."

"후후후, 그건 문제없어. 잘 봐."

사리가 인벤토리에서 꺼낸 피리를 불자 잠시 후 말이 수풀을 헤치고 나왔다.

"오오―! 굉장해! 그걸로 부를 수 있는 거야?"

"맞아. 어디 있든 금방 와 주니까 편리하지."

"하늘만 날아다녀서 몰랐는데, 타는 사람도 꽤 많아?"

"응, 이동 수단으로 편리하니까. 팍팍 늘어나지 않을까."

7층에서 추가된 모양으로, 메이플처럼 도보 이동이 느린 플레이어에게는 기쁜 소식이었다. 테이밍 몬스터와 달리 소유 제한은 없지만 말 종류에 따라 속도나 달릴 수 있는 구역에 차이가 있어서 용도에 따라 가장 알맞은 것을 찾아야 한다.

"이동하는 몬스터는 생각보다 어느 구역에든 있는데, 어디부터 갈까……."

"아, 만약 그런 몬스터가 필요하면 바다는 어때? 거기는 꽤 많이 탐색했으니까 장소도 좁힐 수 있을 거야!"

"좋은데, 그렇게 해 볼까."

사리는 메이플에게 타라고 하고, 말을 타고 숲속을 달리기 시작한다.

"아, 안 부딪쳐?"

"괜찮아. 제법 많이 연습했거든!"

메이플의 걱정은 기우였는지, 사리의 말은 수풀을 뛰어넘고 나무들 사이를 지나 마치 평지를 달리는 것처럼 숲을 빠져나간다.

"이러면 금방 도착할 것 같아!"

"나와 있는 건 써야지!"

결국 한 번도 사고가 나지 않고 두 사람은 바다까지 당도할 수 있었다.

메이플은 전에 탐색했을 때를 떠올리면서 사리를 바닷가로 이끈다.

이번에는 【수영】과 【잠수】 스킬 레벨이 높은 사리가 있어서 이즈 특제 아이템이 없어도 장시간 탐색할 수 있다.

"조심해. 어딘가에서 문어가 노리고 있어."

"메이플한테 촉수를 준 녀석이지? 어땠어?"

"응……? 생으로 먹어도 맛있었어!"

메이플이 그렇게 말하자 사리가 이마를 손가락으로 탁 튕겼다.

"어휴, 보스가 얼마나 세냐고. 갑자기 붙잡혔지? 내가 잡히면 힘들 것 같아?"

"동굴 안은 위험할지도 몰라. 엄청 좁거든……."

메이플은 조금 부끄러워하면서 대답한다. 보통 공격이라면 사리가 붙잡힐 일은 없겠지만, 만약 회피 불가 기믹인 끌려가기가 발동하면 이야기가 다르다.

"메이플이 말한 섬 근처에는 안 가기로 하고, 【헌신의 자애】를 쓴 상태로 바로 위에 있어 줄래?"

"오케이! 이번에도 시럽에 타고 기다릴게!"

메이플은 사리를 확인할 수 있도록 스노클을 달고 시럽을 거대화시켜 바다로 나갔다.

수심이 어느 정도 깊어졌을 때 사리가 시럽 위에서 바다로 뛰어든다.

메이플은 그 모습을 확인하면서 범위에서 벗어나지 않도록 시럽을 【사이코키네시스】로 움직인다.

"음……."

사리는 메이플이 전개하고 있는 【헌신의 자애】 범위를 확인하고, 물고기 무리를 찾는다.

바닷속에는 색색의 산호가 펼쳐져 있고 원래는 동시에 서식하지 않을 듯한 물고기들이 헤엄치고 있다. 이곳저곳에 틈새로 깊이 잠수할 수 있을 듯한 장소가 있지만 무턱대고 탐색할 수도 없었다.

그리고 사리는 계속해서 이동하는 열대어 무리를 발견하고 돌핀킥으로 그 방향으로 쭉 접근했다. 【수영】 레벨이 높은 덕에 그대로 물고기를 따라잡기도 쉬웠다.

"으⋯⋯."

하지만 너무 속도가 빨라서 메이플이 따라갈 수가 없다.

범위가 넓기는 하지만 적극적으로 멀어지는 것을 지킬 수 있을 정도는 아니다.

지금도 때때로 날카로운 이빨을 가진 물고기가 부딪쳐 오거나, 산호가 마치 문어 촉수처럼 몸을 성장시켜 뻗어서 다리를 잡아채려 하기도 한다.

사리는 【헌신의 자애】 범위에서 벗어났다는 걸 알아차렸지만 어쩔 수 없다고 보고 더욱 가속해 몬스터를 뿌리치면서 물고기 무리를 쫓았다. 그리고 따라잡은 몬스터만 바람의 칼날로 요격했다. 물속이라도 웬만큼 비상식적인 공격만 아니라면 회피할 수 있다고 본 것이다.

그리고 한동안 열대어를 쫓아가자 지금까지 똑같은 루트를 빙글빙글 헤엄치던 움직임이 바뀌어 산호가 갈라진 틈으로 슥 들어간다.

사리는 신중하게 그곳으로 다가가 인벤토리에서 꺼낸 라이트로 틈새 안을 비추었다. 물고기의 윤곽은 보이지만 안쪽이 어떻게 되어 있는지는 잘 안 보인다. 상당히 깊다는 것을 확인했을 때 사리는 일단 떠올라 메이플을 불렀다.

"사리! 괜찮았어? 미안해, 못 따라가서."

"괜찮아. 내가 먼저 멀어졌으니까 어쩔 수 없어."

사리는 시럽을 붙잡고 메이플에게 확인한 내용을 전달한다.

"그렇구나, 그럼 난 이 바로 위에 있으면 돼?"

"응, 부탁할게."

"나만 믿어! 대미지를 받아도 괜찮게 포션도 준비해 놓을 거니까…… 안심하고 탐색에 집중해!"

메이플이 자신만만하게 말하자 사리도 그럼 자신도 금방 성과를 내겠다고 씩 웃고는 바닷속으로 돌아갔다.

사리는 갈라진 틈 부분까지 단숨에 잠수해, 한 손에 라이트를 들고 틈 속을 비추면서 안쪽으로 들어갔다. 입구가 좁을 뿐 안쪽은 터널처럼 넓게 펼쳐져 있고 산호 틈새로 들어오는 빛이 열대어의 비늘을 반짝반짝 빛낸다.

사리는 위험한 것이 없는지 확인하면서 신중하게 나아간다.

몬스터는 출현하지 않았고, 막다른 부분에 해초와 산호에 감싸인 석판이 있다는 것을 깨달았다.

"……."

사리는 석판 표면을 비추며 해초를 헤치고 산호를 잘라내 표면에 적힌 내용을 확인한다.

그 내용을 스크린샷으로 저장하고 나서 수면에 떠올랐다.

"푸핫! 메이플, 수확이 있었어."

"오오─! 어떤 느낌이었어?"

사리가 시렵에 기어오르자 메이플도 빨리 듣고 싶다는 듯 다가온다.

사리는 메이플에게 저장한 사진을 보여주었다. 그것은 7층 전체를 대강 그린 지도였다. 그리고 여기저기에 마크가 찍혀 있었다.

"이런 느낌이야. 크롬 씨가 말했던 드롭 지도랑은 다른 것 같고…… 다른 이벤트 탐색에 쓰는 건 틀림없을 거야."

"응응! 으으, 근데 마크가 많네. 열쇠는 세 개라고 했는데……. 다른 퀘스트일까?"

"그런데 아까 그 샘 있잖아. 거기도 마크가 있어. 그러니까 분명 이 마크 중에서 어딘가는 정답이고 다른 곳은 힌트가 아닐까."

대략적인 지도인 만큼 구역마다 마크가 있는 상태다. 현재로서는 사막에서 정글까지 전부 뒤지며 찾을 수밖에 없다.

"한번 돌아갈래? 누가 뭔가 정보를 가지고 있을지도 몰라!"

"하긴 그러네. 여러 곳에 이벤트 발동 조건이 있는 것 같으니까, 길드 멤버 중 누가 살짝 건드렸을지도 모르겠어."

두 사람은 7층을 전부 뒤지며 뛰어다니는 것보다는 낫다며 길드 홈에 돌아와 보았다.

길드 홈 문을 열자 카나데와 마이와 유이가 테이블에 마주앉아 보드 게임을 하고 있었다.

"응? 아아, 다들 어서 와. 어때, 놀다 갈래?"

그렇게 말하면서 카나데가 놓은 다음 한 수에 마이와 유이가 축 늘어져 백기를 든다.

"으음, 오늘은 뭔가 아는 게 없는지 좀 물어볼 일이 있어서 와 본 것뿐이야."

메이플은 세 사람에게 사정을 이야기한다. 그러자 카나데가 짚이는 데가 있다는 듯이 몇 번 작게 고개를 끄덕인다.

"그거라면 마을 도서관에 그럴듯한 이야기가 있었던 것 같아. 옛날에 번영했던 마을이 몇 개 있었는데, 거기서는 지금보다 더 몬스터와 마음이 잘 통했다던가⋯⋯. 마을이 있었던 장소는 이 지도에서 이 근처야."

그리고 카나데는 마크 몇 개를 표시했다. 그중 하나는 샘이 있었던 장소였다.

"오오—! 유력한 정보야, 사리!"

"진짜 아는 게 많구나. 도서관엔 책이 꽤 많지 않아?"

"응, 뭐 전부 읽었으니까."

""저, 전부요!?""

마이와 유이의 목소리가 깔끔하게 합쳐졌을 때 카나데는 다음 보드 게임 준비를 시작했다.

"제법 재미있고, 이벤트에 힌트가 되는 책도 있으니까 직접 찾아서 읽어 보는 것도 좋을 거야. 후후, 시간은 걸리겠지만."

그렇다면 어떻게 카나데는 전부 읽을 수 있었느냐, 그것은 개인의 능력 문제다.

처리 능력의 차이를 느끼고 마이와 유이가 의자에 맥없이 몸을 맡긴다.

"언니, 역시 이길 수가 없을 것 같아…….”

"으, 응……. 애초부터 안 될 것 같았지만 말이야.”

"그럼 좋은 소식을 기대해 볼까? 그건 그렇고, 돌아오면 같이 안 놀래?”

"좋아! 확실하게 공략하고 돌아오면 이번에야말로 설욕전이야!”

"메이플도 한 번도 못 이겼지?”

"하지만 재밌어. 카나데가 게임처럼 레벨을 맞춰 주거든!”

"에엑, 그런 컴퓨터 같은 짓을?”

사리도 놀랐는지 진짜냐는 의미로 카나데를 본다. 그 눈길에 카나데가 평소대로 미소를 짓고 고개를 끄덕이자 사리도 납득했다. 카나데라면 그래도 이상하지 않다고 생각하는 것이다.

"두 사람이 지금 상대하고 있는 건 레벨 1의 나야.”

"레벨 1부터 너무 세요!”

"레벨 10까지 있는 거죠……?”

"아하하, 그럼 다녀올게! 너희도 힘내서 이겨!”

""노력해 볼게요.""

다시 놀기 시작한 세 사람이 배웅하는 가운데, 메이플과 사리는 확실한 정보를 가지고 필드로 향했다.

8장 방어 특화와 보석 찾기.

"자, 도착은 했는데……."

"여길 올라가는 거지?"

메이플과 사리는 카나데가 표시해 준 장소 중 한 곳, 샘과 똑같이 열쇠가 되는 보석이 있을 가능성이 큰 구역에 와 있었다.

두 사람의 눈앞에 있는 것은 구름을 꿰뚫을 만큼 높이 자란 거목이다. 그 거대한 나무줄기에는 덩굴이 감겨 있기도 하고 나무껍질이 조금 벗겨져 발판이 되어 있는 등 어떻게든 올라갈 수 있도록 루트가 만들어져 있었다.

그러나 위를 쳐다보니 바다의 몬스터와는 비교도 안 될 정도로 흉폭한 괴조들이 날아다니는 것이 눈에 들어왔다.

"평범하게 올라가는 건?"

"으으, 좀 어려울지도."

"오케이, 그럼 강행돌파할까."

"에헤헤, 그 말을 기다렸습니다!"

메이플은 장비를 변경해 주위에 방패 두 개를 띄우고 거대화 시킨 등에 【천왕의 옥좌】를 설치한 다음, 옥좌에 앉아 【헌신의 자애】를 발동하고 병기를 전개했다.

그리고 하얀 장비로 바꿔서 대미지 무효 스킬을 발동할 준비도 완벽하다.

"사리도 타, 어서 타! 떨어지지 마?"

"난 여차하면 공중에 발판을 만들 수 있으니까 괜찮아."

두 사람은 이렇게 힘을 합쳐 부유요새로 변한 시럽을 타고, 마련되어 있던 발판은 신경도 안 쓰고 고도를 올린다. 그러자 이에 반응해 캬아악 소리를 내며 괴조 세 마리가 다가온다.

"【공격 개시】! 【피어스 가드】."

"오보로, 【구속결계】!"

메이플의 공격에 맞춰 사리가 오보로에게 지시를 내려서 괴조의 움직임을 봉쇄한다. 움직임이 멎으면 겨냥 실력이 별로인 메이플도 빗맞힐 수가 없다.

"고마워! 새는 날아다니니까 맞히기 어렵거든!"

"별말씀을, 【사이클론 커터】!"

"시럽 【정령포】!"

메이플도 시럽에게 지시를 내려 자신과 시럽의 빔으로 괴조를 불사른다.

괴조도 질세라 공격하지만, 신중하게 【피어스 가드】까지 써서 관통 공격을 받지 않게 된 메이플에게 대미지가 들어갈 리가 없었다.

난공불락의 부유요새에 그저 흉폭하기만 한 새가 대적할 방법은 없었다.

"아자, 격파!"

"이러면 괜찮으려나. 쭉쭉 올라가서 제일 위까지 가자."

그렇게 이야기하는 사이에 괴조들은 입을 쩍 벌리고 계속해서 떼로 몰려들지만, 누가 먹잇감이 될지는 이미 명백했다.

그리고 메이플과 사리는 레벨을 하나 올리고 정상에 도착하는 데 성공했다.

줄기에 걸맞게 거대한 나뭇잎은 두 사람이 타도 문제없을 만큼 억세고, 나무 중심에는 커다란 새 둥지가 하나 있었다.

보스의 기척을 느꼈지만 두 사람은 잔꾀를 부리지 않고 그대로 정면에서 접근했다.

"온다!"

"오케이!"

사리는 시럽에서 내려 나뭇잎 위에서 단검을 겨누고, 메이플은 둥지 방향으로 포구를 돌린다.

그러자 두 사람의 키만 한 깃털이 하늘하늘 떨어지고, 이어서 괴조가 나타났다. 두 사람은 그 덩치와 분위기가 익숙했다.

"제2회 이벤트 때랑 비슷한 타입이야! 공격 마법도 비슷할지도 몰라!"

사리와 함께 찾아갔던 설산에서 만나, 메이플을 거의 쓰러지기 직전까지 몰아붙인 새 타입 몬스터와 아주 비슷하다. 그나마 그 새는 얼음을 두르고 있었지만, 이쪽은 서식 구역과 비슷한 속성인 덩굴과 가시나무를 두르고 있다는 점이 다르다.

"그렇구나! 그럼 강해진 걸 보여줘야겠네!"

"그리고 저기 머리 쪽을 봐!"

사리가 가리킨 괴조 머리에는 녹색 보석이 붙은 목걸이 같은 것이 보였다. 두 사람의 목적인 보석이 틀림없었다.

"이기자—!"

"물론!"

두 사람이 마음을 단단히 먹고, 괴조가 찢어지는 소리를 지르며 전투가 시작되었다.

메이플의 【헌신의 자애】가 있으면 대미지를 받지 않기 때문에 사리도 적극적으로 나설 수 있다. 뒤에서 언제나처럼 들려오는 총성을 들으며 스킬을 발동한다.

"【물의 길】! 오보로 【구속결계】!"

메달 스킬의 레벨을 올려서 입수한 스킬을 사용하자 사리의 발밑에서 굵은 물기둥이 중력을 거스르고 비스듬히 위로 뻗어나간다. 사리는 그 속에 첨벙 들어가 쭉 가속하여 헤엄치더니 단숨에 뛰쳐나와 회전하면서 괴조의 어깨에서 복부를 벤다.

【물의 길】은 이동을 고속화할 뿐만 아니라 이동 루트를 물로 방어해 주는 우수한 스킬이다. 적에게 닿을 때까지 공격받을

위험을 대폭 줄여주기 때문에 사리의 능력과도 상성이 좋다. 물론 지면 이외에 이동할 수 있는 장소를 늘려준다는 것도 강점이다.

"【고무】! 시럽【대자연】,【가시나무 족쇄】!"

메이플은 방어에 치중한 장비라서 사리의 공격 지원을 맡았다.

나뭇잎 사이로 줄기에 감겨 있었던 것과 비슷한 덩굴이 뻗어나와 괴조에게 얽힌다. 이어서 자라난 가시나무가 대미지를 주면서 마비를 건다.

오보로의 스턴에서 시럽의 마비로 이어져, 움직임을 봉쇄하고 일방적으로 공격할 수가 있다.

"【퀸터플 슬래시】!"

사리는【도핑 시드】를 깨물어【STR】을 한계까지 올리고 메이플이 덩굴로 만들어 준 발판을 달려가 무시무시한 기세로 얼굴에 연속 공격을 퍼붓는다. 메이플의 총격도 제대로 맞아 빠르게 대미지를 준다.

그때 마침내 마비가 풀려 괴조가 가시나무와 덩굴을 끊어버리려고 했지만, 메이플이 그렇게 놔두지 않았다.

"시럽【정령포】!【잠드는 꽃잎】!"

이번에는 달콤한 향기가 감돌고 핑크색 꽃잎이 흩어진다. 그러자 괴조가 천천히 힘을 잃고 잠들어 버렸다.

사리는 잠시 공격을 멈추고 이즈 특제 폭탄을 꺼냈다.

"와, 시럽 세졌네. 엄청난 구속력이야."

"못 움직이면 내가 느려도 따라잡을 수 있어서 엄청 도움이 돼—! 영차!"

메이플은 옥좌에서 일어나더니 검은 장비로 바꾸면서 다가간다.

옥좌의 악(惡) 속성 봉인은 메이플에게도 커다란 족쇄가 된다. 그런데 일어섰다면 단숨에 공격으로 전환할 작정이라는 뜻이다.

"【전 무장 전개】, 【심해의 부름】, 【포식자】!"

"우왓."

등에서 천사의 날개를 펼치고, 온몸을 강력한 병기로 감싸고, 양옆에 괴물을 거느리고, 왼팔 검은 안개를 내뿜는 다섯 개의 촉수가 달렸다.

그런 것이 다가온다면 누구든 당장 도망치겠지. 사리는 도망치지 않지만, 그 모습을 보고 새삼스럽게 같은 편 같지가 않다는 생각을 했다.

메이플은 아슬아슬하게 접근해 촉수로 괴조의 머리를 감싸면서 양옆의 괴물에게 공격시키고, 자신도 덩달아 추가 공격을 한다.

"【히드라】, 【흘러나오는 혼돈】, 【공격 개시】!"

각각의 공격이 격렬한 대미지 이펙트를 뿌리고, 사리가 설치한 폭탄도 터진다.

"장난 아니네……."

이래도 버틸 수 있겠냐는 듯이 퍼붓는 공격과 요란한 이펙트를 보고 무심코 솔직한 감상을 흘리는 사리 앞에서, 다시 한번 괴조의 머리가 촉수에 확 덮이고 가시나무와 덩굴에 감싸인 괴조의 몸이 터졌다.

메이플은 자신의 성장을 실감하고 승리 포즈를 취한다.

"좋아! 전부 맞히면 아직 이길 수 있어!"

"하핫, 든든한걸. 자, 보석이 없어지기 전에 주워 놓자."

사리가 그렇게 말하자 메이플은 독을 철벅철벅 튀기면서 서둘러 격파한 자리에 떨어져 있는 목걸이 쪽으로 갔다. 메이플과 사리에게는 훌라후프에 맞먹는 크기라서 금세 찾을 수 있었다.

목걸이를 손에 들자 부서져서 손에는 녹색 보석만이 남았다.

『녹색 열쇠』

어떤 문을 여는 세 가지 열쇠 중 하나.

"두 번째 열쇠야, 사리!"

"응, 잘됐다. 어떡할래? 카나데가 한 군데 더 가르쳐 줬는데, 다음도 갈래?"

"【악식】은 이제 못 쓰는데…… 사리는 괜찮아?"

"물론. 원래라면 공격은 내가 맡아야 하거든? 전투가 있어도 내가 할 수 있어, 괜찮아."

"오보로도 기대할게!"

메이플은 그렇게 말하고 사리의 어깨에 앉아 있는 오보로의 머리를 쓰다듬어 준다.

"시럽도 세진 것 같지만, 오보로도 제법 레벨이 올라서 스킬이 늘어났거든. 다음에 보여줄게."

"응, 기대돼!"

이렇게 해서 두 사람은 보석을 가진 괴조를 깔끔하게 물리치고 다음 목적지로 향했다.

다음으로 찾아간 곳은 어떤 힘으로 바위가 둥둥 떠 있고 강풍이 부는 구역이었다.

두 사람은 사리의 말을 타고 근처까지 가서 목적지 부근에서 도보로 바꿨다.

대지를 그대로 잡아 뜯은 것처럼 떠 있는 바위들 탓에 사각지대가 많고, 플레이어도 영향을 받는지 중력이 약해진 것처럼 동작이 흐늘흐늘해진다. 전투 중에 말에 타고 있을 수는 없으니 일찍 내려서 이 흐늘흐늘한 감각에 익숙해지려는 생각이었다.

"역시 좀 회피하기 어렵겠는데……. 메이플, 익숙해지고 나서 가도 돼?"

"괜찮아—! 여기 엄청나다. 느낌이 이상해."

메이플은 폴짝폴짝 뛰었다가 공중에서 깃털을 떨어뜨린 것처럼 하늘하늘 둥실둥실 떨어진다.

"여기엔 지난번 이벤트처럼 【별의 힘】 같은 것도 없으니까, 떠 있는 시간을 줄여야겠다."

사리는 잠시 동작을 확인한 뒤, 이거라면 문제없다며 걷기 시작했다.

"바람이 세네. 지면으로 안 걸으면 날아갈 것 같아."

"말하기가 무섭게 날아왔어!"

"어? 으엑!?"

두 사람의 진행방향에서 강풍을 타고 맹렬한 속도로 거대한 암석이 날아왔다.

사리는 동작 확인을 한 보람이 있었는지 슥 피할 수 있었지만 메이플이 그렇게 재주껏 움직일 리가 없다.

묵직한 소리를 내며 바위와 정면충돌해 그대로 날아간다. 메이플은 몇 번 튕긴 다음 다른 바위에 퍽 부딪혀 바닥에 털썩 떨어졌다.

"메이플! 화, 화끈하게 날아갔네…….."

"까, 깜짝 놀랐어……. 갑자기 저런 게 날아올 줄 몰랐어."

아무 일도 없었다는 듯 몸을 일으키는 메이플을 보고 사리도 평소와 똑같다는 것에 안심해 손을 내민다.

"바람을 타고 날아온 것 같으니까 바람이 불어오는 쪽을 조심하면 되지 않을까."

"응, 알았어! 근데 방어 관통이나 지형 대미지가 아니라서 안심했어. 이러면 【헌신의 자애】를 써도 돼!"

"고마워. 피할 수 있을 만큼 피할 거지만 보험이 있으면 안심이 돼. 움직이기 힘든 구역이니까."

"지금은 오른쪽에서 바람이 부니까 이쪽!"

"또 온다, 이번에는 돌멩이야!"

사리가 대거 두 자루를 겨누고 집중력을 높인다. 정면에서 똑바로 날아오는 돌멩이는 지금까지도 몇 번인가 피했다. 하나는 단검으로 튕겨내고 하나는 몸을 비키고 하나는 뒤로 뛰어 회피한다.

그때마다 사리가 두른 푸른 오라가 커지고 【STR】이 상승한다.

"후우……."

"역시 사리야!"

"뭐 보스를 만날 때까지 능력치는 다 올려놓고 싶으니까. 좀 집중해서 피해 봤어."

이미 이 영역에서 몸을 움직일 때의 변화에도 익숙해진 듯, 사리는 그 뒤로도 날아오는 바위와 돌을 휙휙 피했다. 쾅쾅 소리를 내며 바위가 직격하는 메이플과는 대조적이었다.

"앗, 몬스터야."

두 사람의 눈앞에 희게 빛나는 바람이 모여 만들어진 늑대와 매가 나타났다.

눈 부분만 붉게 빛나고 있어서 평범한 생물이 아니라는 것은 확실했다.

"오보로 【그림자 분신】, 【환영】!"

사리의 지시에 따라 사리가 다섯 개로 분신하나 싶더니, 다시 배로 늘어난다.

분신들은 각각 늑대와 매에게 달려들지만, 두 마리는 몸을 진동시켜 바람 칼날을 만들어내더니 분신을 찢어버렸다.

"한순간만 틈이 생기면 충분해! 【핀 포인트 어택】!"

사리가 늑대 옆으로 돌아가 목덜미에 대거를 슥 꽂는다. 그러자 실이 풀어지듯이 바람으로 된 몸이 안개처럼 흩어진다.

"약한데……? 【도약】!"

사리는 높이 뛰어올라 그대로 분신에게 정신이 팔려 있는 매에게 대거를 내리쳤다.

그러자 매도 순식간에 안개로 흩어진다.

"그렇다면, 떼로 올 거야!"

한 마리 한 마리가 약하다면 위협적인 숫자를 준비하는 것이 당연하다.

사리가 그 사실을 깨닫자마자 여기저기서 바람이 소용돌이치더니 늑대 무리가 지면을 가득 메우고 매가 하늘에서 두 사람을 노리기 시작했다.

"메이플! 다수를 상대하는 건 너한테 맡길게!"

"오케이! 【전 무장 전개】! 【공격 개시】!"

메이플은 여기저기서 덮쳐드는 바람 칼날과 돌멩이를 쏴서 떨어뜨리면서 빙빙 돌며 360도로 빠짐없이 공격한다.

그래도 상당히 수가 많아서 바람 칼날도 다소 빠져나왔다.

"아얏!? 앗, 관통! 어어 【피어스 가드】!"

"나도 수를 줄일게! 오보로 【불 옮기기】!"

오보로가 쏜 불꽃이 가까이 있던 늑대에게 맞고 파지직 소리를 내며 터지더니 근처의 몬스터에게 옮아간다. 위력은 그리 세지 않지만 바람으로 만들어진 늑대를 흩어버리는 것쯤은 쉬웠다.

"고마워! 그럼 나도……."

메이플은 녹색 드레스로 장비를 변경하고 【폴터가이스트】를 발동해 레이저를 광선검처럼 마구잡이로 휘두른다. 사리가 해치우기 어려운 공중의 적도 이렇게 하면 쉽게 해치울 수 있다.

수가 많기는 해도 관통이 아니면 끄떡없는 메이플이 있는 이상 별로 위협이 되지 않았다.

"후유……. 좀 놀랐지만 그렇게 안 셌지."

"응, 회피 횟수도 딱 채워서 잘됐어."

"아, 맞다! 오보로는 또 분신을 늘렸구나! 열 개라니 굉장해."

"뭐 【환영】으로 늘린 다섯 개는 【신기루】에 가까워서 대미지도 못 주는 완전한 미끼지만 말이야."

"【그림자 분신】은 대미지를 줄 수 있으니까."

"얼른 가자, 또 포위당하면 귀찮으니까."

"찬성—!"

두 사람은 조금 빠른 걸음으로 더 안쪽으로 나아갔다.

떠 있는 바위를 뛰어 건너고, 다시 습격한 늑대들을 헤쳐 나가고.

때때로 큰 바위에 맞고 날려가는 메이플을 찾아오면서, 두 사람은 가장 깊은 곳에 당도했다.

바위가 여러 개 떠 있는 평지에는 바람이 소용돌이치듯 불고, 그 중심에 온몸이 바람으로 만들어진 거인이 기다리고 있었다.

"일격에 해치우지는 못할 테니까, 기합 단단히 넣고 가자."

"응! 나만 믿어!"

메이플이 총구를 겨누자마자 거인도 전투태세를 취한다. 그러자 거인을 중심으로 소용돌이치던 바람이 더욱 거세지고 떠 있던 바위가 움직이기 시작했다.

"잠깐!? 난 그거 못 피해애애!"

금속 덩어리가 단단한 것에 부딪치는 소리와 함께 메이플이 튕겨 날아간다. 당연히 날아드는 바위는 한 개가 아니라서 메이플은 다음 바위, 또 다음 바위에 맞아 핀볼처럼 튕긴다.

"와, 와와와왓!"

"메이플! 그건…… 도와주기 힘들지도…… 앗, 나도 집중해야지!"

사리는 자세를 낮추거나 멈추거나 가속하면서 능숙하게 바위를 피하며 접근한다.

메이플이 필드 내를 마구 날아다니고 있어서【헌신의 자애】의 효과 범위도 믿을 수 없다.

"뭐 내가 공격은 내가 맡겠다고 했으니까…… 오보로,【요괴불】!【화염동자】!"

사리가 오보로에게 명령하자 사리의 몸에서 파란 불꽃이 흩날리며 대미지를 강화한다. 그리고 대거에서는 불꽃 칼날이 뻗어 나와 사거리를 강화한다.

몸을 쭉 회전시켜 거인이 쏜 바람을 가르고 그 기세로 거인이 내민 팔을 깊게 벤다.

붉은 대미지 이펙트와 오보로가 둘러 준 파란 불꽃이 동시에 터진다.

"오보로의 MP도 아직 괜찮…… 윽!?"

거인의 등 뒤에서 레이저가 날아가는 것을 보고 사리는 무심결에 뛰어 물러났다.

하지만 그것은 사리가 아니라 거인에게 대미지를 주었는지 대미지 이펙트가 터졌다.

"메이플? 우와, 마구잡이로 쓰네……."

메이플은 바위에 맞고 날아갔지만 대미지는 받지 않았다. 그리고 그 점을 이용해 무작정 빠르게 이동하고, 【폴터가이스트】를 써서 중심을 향해 레이저를 마구 휘두르고 있었다. 때때로 병기를 폭발시켜 억지로 바위에 부딪히러 가기도 해서 보스까 쏘는 바람도 잘 안 맞았다.

"필드 기믹일까……? 응, 나는 내가 할 수 있는 걸 하자."

메이플이 대미지를 줘서 어그로를 끌고 있는 지금이라면 빈틈이 큰 스킬도 쓸 수 있다.

사리는 거인의 한쪽 발에 밀착해서 스킬을 발동해 단숨에 대미지를 가했다.

"【퀸터플 슬래시】, 【파워 어택】!"

【요괴불】의 추가 대미지와 【추인】의 추가타. 그리고 그 모든 것에 영향을 주는 【검무】와 아이템 버프는 연타를 무기로 삼는 단검이라고 생각할 수 없는 대미지를 퍼부었다.

대미지 이펙트가 잦아들자 거인의 한쪽 발이 사라져 지면에 넘어진다.

"기회다!"

사리는 날아오는 돌멩이를 피하면서 머리에 다가가 다시 마구 벤다.

그러나 큰 바위가 사리를 방해하려고 맹렬한 속도로 날아온다.

"오보로! 【행방불명】!"

사리가 그렇게 지시하자 사리의 모습이 사라진다. 그것은 【순영】처럼 투명해지는 것이 아니라 딱 1초 동안 완전히 존재를 감추는 스킬이다. 존재하지 않는 것에는 물체가 맞지 않는다. 큰 바위가 격돌하기 직전에 스킬을 쓰면 바위는 아무것도 없었다는 듯이 사리가 있던 장소를 통과한다.

"좋아, 성공! 오보로 【구속결계】!"

이번에도 잘 넘긴 사리가 더욱 공격을 가속시킨다. 여전히 전투 필드를 가로지르며 난폭하게 휘두르는 메이플의 레이저에 받은 대미지도 축적되어서 보스는 사리의 연속 공격을 버텨내지 못했다. 마지막으로 거센 바람이 휘몰아치고 떠 있던 바위가 움직임을 멈춘다. 그러자 메이플도 땅에 내팽개쳐져 사리 쪽으로 굴러왔다.

메이플은 당연히 상처가 없어서 조금 비틀거리면서도 똑바로 사리에게 걸어왔다.

"수고했어! 오보로도 여러 가지 불꽃을 낼 수 있게 됐구나. 오…… 미이 같아."

"오보로는 불꽃이랑 환영 담당이고 나는 물이랑 얼음일까. 어때? 【요괴불】로 강화한 검. 멋있지?"

"응! 닌자 같아! 바위도 통과했고!"

"오보로 덕에 도저히 방법이 없을 때 한 번은 피할 수 있게 됐으려나. 그리고 제일 중요한 이거!"

사리가 땅에서 빨간 보석을 주워 든다. 거인의 눈 부분에 있던 보석이다.

"이제 카나데가 가르쳐 준 유적에 가는 일만 남았네."

"이걸로 조건을 다 채웠으면 좋겠어. 보스 토벌도 많이 힘들고……."

지금은 달리 모아야 할 것도 없어서 두 사람은 유적으로 향하기로 했다. 부족한 것이 있다 해도 현지에 가 봐야 알 수 있다.

"그럼 얼른 가자, 가자! 뭐가 있을지 기대되는걸!"

"네네, 그럼 다시 말에 타."

"네엡—!"

마침내 모아야 할 것을 다 모은 두 사람은 유적을 향해 말을 몰았다.

목적지인 유적에 돌바닥과 집의 잔해는 있지만 대부분이 자연에 집어삼켜져서 유적이나 폐허라기보다는 거의 숲에 가까운 상태였다.

"일단 손에 잡히는 대로 찾아보자."

"알았어! 얼른 찾아지면 좋겠다."

두 사람은 담당을 나누어 인공물이 남아 있는 구역을 걸어간다. 그러자 찾는 물건은 의외로 금세 발견되었다.

"사리! 이쪽으로 와 봐—!"

메이플이 가리킨 것은 돌의 파편이 흩어져 있는 와중에 유일하게 남은 돌 받침대였다.

거기에는 구멍이 세 개 있어서, 지금의 두 사람은 그것이 무엇을 의미하는지 쉽게 알아차릴 수 있었다.

"끼울게?"

"응, 괜찮을 것 같아."

메이플이 구멍 세 개에 각각 보석을 끼우자 보석의 빛이 받침대를 뒤덮는다. 그와 동시에 시럽과 오보로가 멋대로 반지에서 튀어나왔다.

"시럽?"

"오보로?"

이상하게 여기는 두 사람의 발밑에 붉은색과 녹색과 흰색의 빛이 퍼지고, 몇 번이나 체험했던 전이의 감각이 찾아왔다. 강한 빛이 사그라들고 두 사람이 눈을 떴을 때는 동물이 와글와글한 마을 풍경이 펼쳐져 있었다. 하지만 마을이라도 사람이 있는 기척은 없고 온갖 동물과 몬스터가 함께 지내는 장소 같았다.

두 사람이 그 광경을 바라보는데 오보로와 시럽이 멋대로 걸어가 버렸다.

"어, 어떻게 된 거지?"

"일단 따라가 보자."

여기 온 건 좋았지만 퀘스트도 발생하지 않아서 뭘 하면 좋을지 알 수가 없었다. 그렇다면 평소와 다른 움직임을 보이는 시럽과 오보로를 따라가는 것이 최선이었다.

그렇게 걸어가자 마을이라 부를 수 있는 장소에서 조금씩 멀어지더니 시럽과 오보로가 빛나는 물이 고인 돌로 된 물그릇 앞에서 멈춰 선다.

"어쩐지 중요한 장소 같지?"

"아마도? 평범한 물이 아닌 것 같고……."

시럽과 오보로는 두 사람을 돌아보았다. 아무래도 이 물 속에 들어가고 싶은 듯했다.

두 사람도 막을 생각이 없어서 두 마리의 요구를 받아들여 들어 올려서 조심스레 물에 담근다.

"아무렇지도 않아? 괜찮은 것 같아?"

"놓을게, 얕은 것 같으니까."

두 사람은 손을 확 떼고 두 마리를 빛나는 물속에서 놀게 하려고 했다. 그러자 빛이 두 마리를 감싸더니 표면을 뒤덮어 몸이 보이지 않게 되고 말았다.

"와앗!? 역시 안 됐던 건가!?"

메이플이 당황해서 시럽을 들어 올리고 동시에 사리도 오보로를 물에서 빼냈다. 좀처럼 빛이 사라지지 않아 어찌할 바를 모르는데, 한층 강한 빛이 확 뿜어져 나오더니 시럽과 오보로가 원래대로 돌아갔다.

"다행이다…… 응? 시럽?"

"오보로?"

시럽은 등딱지 무늬가 조금 바뀌고, 바로 밑의 땅에서 풀과

꽃이 돋아나기 시작했다. 오보로는 장식품이 조금 호화로워지고 무엇보다 하늘하늘 흔들리는 꼬리가 하나 늘어났다.

""엑?""

여전히 두 사람에게 애교부리는 모습으로 몸을 비비는 두 마리를 각각 안아 올리면서 메이플과 사리는 얼굴을 마주 보았다.

잠시 후, 머리가 돌아가기 시작한 두 사람은 시럽과 오보로의 변화를 찬찬히 살펴보았다.

"시럽은 좀 화려해졌네! 그리고…… 커졌나?"

"그렇구나, 꼬리가 늘어나는구나……. 얼마나 늘어날까?"

더 귀여워졌다며 끌어안는 두 사람에게 시스템 메시지가 도착한다.

두 사람은 그 메시지를 훑어보고 같은 부분에서 얼굴을 마주 보았다.

"진화……. 그렇구나. 새로운 스킬을 배울 수 있는 것 같아."

"오오—! 진화, 진화구나……. 꽤 많이 싸우고 그랬으니까."

"제2회 이벤트 도중부터니까 상당히 많이 같이 싸웠지."

"훌륭하게 자랐구나……. 에헤헤, 기쁜걸."

"뭐, 앞으로도 한참 많이 남았을 것 같지만."

"그래?"

"응, 진화 메시지에는 충분히 경험을 쌓은 몬스터를 진화시
킨다고 나와 있는데, 한 번뿐이라는 말은 없었어."

사리는 "게다가." 하고 말을 잇는다. 여우 몬스터의 꼬리가
어느 정도나 늘어날지 예상이 된다는 말이었다.

"아무리 그래도 아홉 개가 될 때까지 하나씩 늘어나지야 않
겠지만……. 오보로, 그때까지 클래?"

"꿈이 커지네! 맞다. 모두에게도 알려주자! 도와주면 보석
도 금방 입수할 수 있을 거야!"

"좋은걸. 그렇게 하자. 쇠뿔도 단숨에 빼라고 하니까."

두 사람은 각각 파트너를 자랑스럽게 끌어안고 길드 홈으로
돌아갔다.

두 사람은 빨리 모두에게 보여주고 싶어서 그대로 서둘러 돌
아가 길드 홈 문을 기운차게 열었다. 안에서는 아직 카나데가
보드 게임을 하고 있었는지 마이와 유이를 카스미, 크롬, 이
즈가 둘러싸고 있었다.

"어이쿠, 무슨 일이야. 평소보다 더 기운이 넘치는데?"

"응? 어서 와. 후훗, 아무래도 좋은 소식을 기대할 수 있을
것 같네."

두 사람은 품에 끌어안고 있던 시럽과 오보로를 내밀어 보여
주었다.

길드 멤버들도 자신의 파트너보다 더 익숙한 두 마리의 변화를 곧바로 알아차렸다.

"엑, 이게 어떻게 된 거예요!"

"후후후, 진화야! 더 세고 귀여워졌어!"

메이플은 공략한 이벤트에 대해 여섯 명에게 자세하게 이야기했다.

"과연…… 진화일 줄이야. 하지만……."

"그래, 나는 그 바위가 떠 있는 곳에는 갔지만 거인 같은 건 안 나왔어."

메이플은 다른 사람들도 진화시킬 수 있을 거라 생각했지만 그렇지는 않은 모양이었다. 이즈도 거대한 나무 위에서 그런 전투가 있었다는 이야기는 들은 적이 없는 듯했다.

"저기…… 레벨이나 호감도 같은 것이 영향을 주는 게 아닐까요? 메이플 씨랑 사리 씨는 훨씬 전부터 시럽이랑 오보로랑 함께였으니까……."

"그럴지도 몰라. 내가 읽은 책에서도 더욱 힘을 잘 끌어내는 방법이라고 했었으니까. 기본 능력이 완성되고 나서라고 생각할 수 있어."

동료가 된 지 얼마 안 된 몬스터를 진화시킬 수 없는 것은 어느 정도 당연한 일이라고 할 수 있다.

"그럼 진짜로 계속 함께 있어서였나……. 에헤헤."

메이플은 다시 시럽의 머리를 쓰다듬어 준다. 앞으로도 계속 함께 필드를 날아다니며 싸울 파트너다. 진화했다면 기쁨도 한층 커진다.

"메이플과 사리의 몬스터도 또 강해진 것 같고. 다음 이벤트가 기대되네."

"그렇군. 우리의 전투 방법도 달라질 테고, 시험해 볼 기회로 딱 좋아."

"아, 맞다, 이벤트! 그럼 또 열심히 시럽의 레벨을 올려야지!"

진화했다고 가만히 놔두면 모처럼 강해진 부분을 살릴 수가 없다. 지금부터는 레벨업을 위해 착실하게 훈련해야 할 시간이다.

"오늘은 꽤 많은 일이 있었는데, 어떡할래 메이플?"

"조, 조금만 더 할까. 1레벨 올리면 뭔가 익힐지도 모르고!"

그러면 또 필드에 나가야겠다며, 흥미로운 것에서 흥미로운 것을 향해, 즐거운 일에서 또 즐거운 일을 향해 메이플은 뛰어다녔다.

이 무렵, 7층 추가에 맞춰 대량의 몬스터와 이벤트를 준비했던 운영진은 녹초가 되어 있었다. 구역마다 다른 몬스터와 그들의 진화 장소까지 만드는 것은 상당한 노력이 필요했다.

"레어 몬스터는 얼마나 동료가 되었지?"

"20퍼센트 이하네요. 아무래도 구역 자체가 넓고, 레어 몬스터가 아니라도 센 몬스터가 많으니까요."

준비된 레어 몬스터는 오히려 치우친 성능을 가지고 있어서 플레이어에 따라서는 마주치고도 패스하는 경우도 있었다.

"뭐, 확실하게 버프를 걸어 주는 몬스터가 인기인가. 역으로 마법사가 탱킹용을 테이밍한 경우도 많군."

"주요 길드는?"

"미리 짜 놓은 것처럼 레어투성이예요."

"쓰읍……. 뭐, 찾는 게 어려울 뿐이지…… 아니, 상성이 좋으니까 고른 거겠지."

당연히 【집결의 성검】과 【염제의 나라】. 물론 【단풍나무】의 몬스터도 확인한다.

"아니, 세잖아. 제대로 실력을 겸비한 레어 몬스터를 붙잡았군."

"메이플과 사리는 제대로 진화까지 갔네요. 아직 정보도 거의 없을 텐데……."

선행해서 몬스터를 동료로 삼은 이점을 확실하게 살렸다고 할 수 있다. 그래도 예상한 것보다 훨씬 빨랐지만.

"몸에 레어 이벤트에 반응하는 자석이라도 있는 거 아냐?"

"그럴지도 모르겠네요……. 진짜로 그런 기분이 들기 시작하는데요."

7층의 이런저런 일들이 안정되면 다음은 이벤트다.

"다음 이벤트는 어떻게 되려나."

"플레이어도 괴물 같아졌으니까, 우리도 괴물을 내보내게 될 것 같네요."

적 몬스터의 최종 체크를 하면서 그런 말을 흘린다. 최고 난이도에는 그에 걸맞은 몬스터를 준비해 두어야 한다.

"아, 그리고 말이 나온 김에. 메이플은 촉수가 생겼어요."

"……말하는 김에 처리할 일이 아니잖아."

메이플이 가져간 것도 오산이었지만 그것이 『어둠의 모조품』의 스킬 슬롯에 설정된 것도 오산이다. 그 탓에 평범하게 썼을 때와는 또 다른 강력한 사용법이 생겨나고 말았다.

"메이플이 가지면 쓰기 불편한 스킬일 텐데 말이죠……. 폭딜용 스킬로 만들어버렸네요……"

"애초에 그 촉수의 출현 자체가 레어 확률인데 왜 하필이면 메이플을 붙잡는 거냐고."

"그러게요."

그 던전에 언제든 들어갈 수 있는 게 아니라, 어쩌다 보니 들어간 사람이 메이플이었다는 불행한 사고였던 것이다.

"앗! 그래, 생각났다! 아무 생각 없이 위장 속을 만들면 안 되는 거야! 메이플은 나서서 뛰어드니까 말이야!"

"몸속에서 터지는 걸 보면 슬프니까요……"

"위액을 고정 대미지로 한다든지…… 스턴을 넣는다든지."

"뭐, 그렇게까지 해도, 뛰어들어서 살아남는 것도 위장 속을 안전지대로 이용하는 것도 메이플뿐이지만요."

"그렇지……."

"다음 이벤트 몬스터도 조금 재검토해 놓을까요."

"그럴까."

그런 대화를 하면서, 그들은 몬스터들의 행동 패턴이 이상
해지지 않았는지 점검했다.

9장 방어 특화와 제8회 이벤트.

이벤트 전에 모두가 동료로 삼은 몬스터는 이벤트 때 보여주자고 서로 약속하고 각자 레벨업을 하는 가운데, 메이플도 시럽의 레벨을 올리고 있었다.

"음─!【악식】이 없어지면 불편해질까 싶었는데, 꽤 쓰기 편한 것 같아."

메이플은 그렇게 말하고 촉수가 된 왼팔을 휘두른다. 이것에 맞으면 마비 상태이상이 발생하니 붕붕 휘두르고만 있어도 도움이 된다. 시럽은 공격력이 낮기 때문에 메이플이 움직이지 못하게 만든 몬스터에게【히드라】를 쏘아 체력을 줄이고 눈앞에 쌓아 주는, 어미새 먹이주기 작전으로 레벨을 올린다.

"시럽!【정령포】!"

메이플이 준비한 몬스터들의 HP가 0이 되고 시럽에게 경험치가 쭉쭉 들어간다.

"쫓아가서 해치우는 건 힘드니까…… 또 그 촉수한테 붙잡혀도 좋을 것 같아! 그 동굴은 멋대로 다가오니까."

문어의 보금자리에 들어갈까 말까 고민하고 있을 때 시럽의 레벨이 올라 또 새로운 스킬을 익혔다.

"대단해─! 진화도 했고 스킬도 잔뜩이네! 어디 보자……."

메이플은 스킬을 확인했다.

그러자 자연을 조종해 힘으로 삼는다는 시럽다운 스킬이 늘어났다.

"【붉은 화원】? 딱 봐도 좋을 것 같아!"

【붉은 화원(花園)】

범위 내에 있는 모든 존재는 대미지를 받았을 때 받은 대미지의 5% 만큼 추가 대미지를 받는다.

"웅! 쓰기 편한 스킬이네! 역시 시럽이야!"

메이플은 시럽의 머리를 쓰다듬어 칭찬한다. 보통이라면 적과 아군 모두에 대미지가 추가되는 양날의 검이지만, 메이플의 경우 대미지를 받을 때의 페널티는 페널티가 되지 않는다.

【헌신의 자애】로 동료를 지켜주면 이 스킬은 단순히 동료 모두의 공격 대미지가 5% 올라가는 버프 스킬이 된다. 메이플을 중심에 두고 싸우는 일이 많은 【단풍나무】는 범위 버프의 혜택을 얻기 쉽다.

받는 대미지가 2배가 된다는 큰 페널티가 있는【커버 무브】를 마구 쓸 수 있는 것도 메이플이 뛰어난 방어력으로 애초에 대미지를 받지 않기 때문이다.

"시럽【붉은 화원】!"

메이플이 지시를 내리자 지면에서 장미가 대량으로 피어난다. 스킬 효과가 추가 대미지인 것도 납득이 갈 만큼 지면에 뻗어 나간 가시덩굴의 양이 많았다.

게다가 시럽이 이동하면 화원도 움직인다. 메이플의【헌신의 자애】처럼 시럽을 중심으로 적용되는 것이다.

"진화하고 나서 시럽은 평소에도 꽃을 피울 수 있게 됐으니까! 다른 화원도 만들 수 있게 되려나?"

사용하기에 따라 아군 지원도 가능할 것이다. 이번 스킬의 페널티는【헌신의 자애】로 완전히 무시하면서 싸울 수 있다.

시럽은 딜러보다는 변칙적인 상태이상을 부여하면서 방어 스킬을 발동하는 것이 특기인, 메이플과 쏙 닮은 몬스터로 성장했다. 안 닮은 부분은 흉악한 모습이 되지 않는다는 점이다.

"좋아─, 이대로 다음 목표를 향해 전진, 또 전진!"

메이플은 몬스터를 발견하고는 또다시 촉수와【패럴라이즈 샤우트】로 움직임을 묶고 시럽 앞에 쌓기를 되풀이한다.

그런 짓을 하다 보면 아무리 숲속이라도 당연히 눈에 띈다.

"어쩐지 시끌시끌하다 싶어서 와 봤더니. 메이플이었나요."

"우와……. 진짜로 촉수가 났어……. 왜?"

"미이에게 안 들었으면 공격했을지도 모르겠군. 타천사라도 그렇게 되지는 않을 텐데."

수풀을 버석버석 헤치고 미저리, 마르크스, 신이 모습을 드러냈다.

아는 사이인 그들에게 메이플이 촉수가 된 손을 휙휙 흔든다.

"아! 【염제의 나라】의……. 미이는 오늘 없어요?"

"미이는 볼일이 있다고 하더군. 오늘은 우리끼리 몬스터 레벨업을 하려고."

"그랬구나……."

고개를 끄덕끄덕하는 메이플의 발밑에서는 시럽이 장미밭을 전개하고 있었다. 메이플에게 특히 강렬한 인상을 받았던 마르크스는 시럽의 변화를 금세 깨달았다.

"시럽…… 모습이 좀 변했어?"

"음, 알아보네요? 하지만 자세한 건 비밀이에요! ……이러면 되나."

사리가 할 법한 말을 흉내 내서 정보를 섣불리 넘기지 않으려고 했지만, 이미 촉수와 장미밭을 보여주고 있기 때문에 이제 와서 뭘 하냐는 느낌이다.

"뭐 좋아, 다음 이벤트를 위해 레벨을 올릴 거지? 예선에서 마주치고 싶진 않으니, 언제 같이 싸울 일이 생기면 전투력을 보도록 하지."

"미이가 그 촉수는 위험하다고 그랬었죠."

"이렇게 생겼는데 위험하지 않을…… 리가 없지."

마르크스가 미저리와 신 뒤에 숨어서 구불구불 움직이는 촉수를 관찰한다.

"뭐, 소개 정도는 해 둘까. 미이한테도 잘해 주니 말이야."

"괜찮지 않을까요."

"너희가 보여주겠다면……. 그럼…… 해제."

그리고 세 사람은 각자 파트너로 삼은 몬스터를 보여주기로 하고, 마르크스의 목소리에 공간이 일그러지고 투명해졌던 테이밍 몬스터가 모습을 드러낸다. 그리고 다음 순간 마르크스의 머리 위에는 색깔을 획획 바꾸는 카멜레온이, 신의 어깨에는 매가, 미저리의 발치에는 길고 덥수룩한 털을 가진 하얀 고양이가 있었다.

"어, 어!? 굉장해, 어디서 나온 거예요!?"

반지가 아니라 다른 동작으로 불러낸 것에 메이플이 놀라서 신기하다는 얼굴을 하자 신은 리액션이 좋다며 쿡쿡 웃는다.

"이번에는 소개만 하겠어. 하하하, 그렇게 놀라 주니 보람이 있는데."

"후후후, 다음에는 【단풍나무】 여러분의 몬스터도 보여주세요."

"바이바이…… 다음 이벤트에선 안 만났으면 좋겠네."

"다음 이벤트는 서로 열심히 해요―!"

세 사람도 다른 예정이 있는지, 메이플을 조금 놀래주고는 손을 흔들며 사라진다.

　메이플은 다양한 몬스터가 있구나 하고 혼자 감탄하면서 시럽에게 먹이주기를 계속했다.

　한동안 시간이 흘러, 마침내 이벤트 본선의 상세한 내용이 공개되었다.

　기간은 시간 가속으로 3일간. 탑과 마찬가지로 난이도가 나뉘며, 예선 결과에 따라 참가할 수 있는 난이도와 보상이 달라진다고 했다.

　본선의 목적은 강력한 몬스터가 어슬렁거리는 땅을 탐색하면서 생존하는 것이다. 이 정보를 길드 홈에서 멤버 여덟 명이 모여서 확인한다. 탐색에서 얻는 아이템 중에는 은메달도 있어서 기대가 커졌다. 그리고 최고 난이도에서는 하루 생존에 한 개, 이틀 생존에 세 개, 마지막까지 살아남으면 다섯 개의 은메달을 획득할 수 있다.

　"최고 난이도에 여덟 명이서 참가하고 싶은걸."

　"그러네. 나도 모처럼 소우와 동료가 되었고."

　"나도 그 목표면 좋다고 생각한다."

　메이플의 제안에 나머지 일곱 명이 각각 찬성한다. 하지만 참가할 수 있을지 어떨지는 예선에 따라 달라진다. 이번에는 개인전이므로 전원이 최선을 다한 뒤 결과를 기다려야 한다.

"모두의 몬스터랑 같이 싸우는 것도 그때가 처음이 되려나?"

"으음, 레벨업에 한계까지 시간을 쓰고, 본선 전에 한번 시험해 보고 싶은데…… 뭐, 그래도 괜찮을 것 같네."

"같은 난이도에 갈 수 있도록 열심히 할게요……!"

"혼자인 건 불안하지만요."

평소 2인 1조로 움직이는 마이와 유이도 이번에는 혼자서 플레이어와 몬스터를 상대해야 한다. 불안해 보이는 두 사람을 다른 멤버들이 격려한다.

"마이도 유이도 강해졌으니까 괜찮아!"

"그럼. 게다가 츠키미와 유키미도 있으니까."

든든한 테이밍 몬스터도 있다. 게다가 전원이 최고 난이도에 도전한다는 목표도 생겼다. 두 사람은 어떻게든 힘내 보겠다며 주먹을 불끈 쥐었다.

"본선에서는 플레이어끼리의 직접 대결은 없는 것 같으니까 마음 편하게 할 수 있겠지. 메이플의 【헌신의 자애】가 있으면 몬스터는 상대하기 쉬워."

몬스터는 임기응변으로 관통 공격으로 바꾸거나 하지 않는다. 메이플이란 걸 안 순간 관통 공격만 가지고 공격하는 플레이어와는 다르다.

"오히려 본선에선 얼마나 탐색할 수 있을지가 중요할 것 같네. 이번에는 맵을 미리 공개했는데…… 정말 넓어."

"그러네요. 그럼 저랑 언니는 본선에서도 조금 힘들지 모르겠어요."

"츠키미와 유키미 덕분에 조금은 편할 것 같지만……."

츠키미와 유키미도 시럽처럼 거대화 스킬을 쓸 수 있다. 몸집이 작은 사람 한 명이 타는 정도가 고작이지만 이동 능력이 떨어지는 두 사람에게는 효과가 크다.

"그럼 다 함께 레벨을 올려서 예선을 기다려요!"

메이플의 말에 전원이 고개를 끄덕이고, 예선까지 시간을 보내게 되었다. 파트너가 된 몬스터의 첫 출전이 될 이벤트에 모두 즐거운 기색을 감추지 못했다.

그리고 메이플 일행이 각자 파트너 몬스터의 레벨을 올리며 하루하루를 보내는 사이에 마침내 제8회 이벤트 예선 날짜가 다가왔다.

이번 이벤트 예선은 파티를 짤 수 없는 개인전므로 파트너 몬스터의 능력이 중요해진다.

필드에 있는 몬스터를 격파한 숫자와 1킬까지 걸린 시간을 경쟁한다.

시간 내에 몬스터를 잡으면서 다른 플레이어도 격파해 방해하면서 순위를 올려야 한다.

물론 한쪽에만 너무 치중해도 안 되지만.

상위에 들면 보상이 더 좋은 필드에서 본선을 치를 수 있다.

"좋아. 다 함께 본선에 가자!"

"물론. 메이플이야말로 힘내. 이번에는 몬스터를 잡는 것도 중요하니까."

"이번에는 스킬을 전부 써버려도 괜찮으니까…… 힘낼게!"

예선에서 본선까지는 아직 조금 시간이 있어서 횟수 제한이 있는 스킬을 아낌없이 써도 된다.

"다들 파이팅—!"

메이플의 구령에 전원이 대답하고, 여덟 명은 빛에 감싸여 예선 필드로 전송되었다.

몸을 감쌌던 빛이 사라지고 메이플 앞에 예선 필드의 풍경이 펼쳐진다.

이번에는 제1회 이벤트와 똑같이 폐허로 나왔다. 메이플은 주위를 확인했지만 바로 눈에 띄는 장소에 다른 플레이어의 모습은 보이지 않았다.

"좋아! 얼른 몬스터를 찾아야지!"

예선에서는 몬스터 격파가 중요하다. 물론 생존 시간도 중요하지만 그것만 가지고는 상위에 들 수 없다.

"시럽은 좀 더 기다리고 있어. 【포식자】!"

이번에는 거의 혼자서 싸우게 되기에 【헌신의 자애】는 필요 없다. 메이플에게도 좋은 상황이었다.

"다른 플레이어가 있으면 어디 있는지 들켜 버리니까."

【헌신의 자애】는 지면이 빛나기 때문에 메이플이 가까이 왔다는 사실이 알려지고 만다. 메이플이 있다는 걸 알면서도 다가오는 사람은 같은 【단풍나무】 멤버뿐이다. 아무도 사지에 뛰어들고 싶어 하지 않으리라.

메이플은 일단 양옆에 괴물을 거느리고 폐허를 돌아다닌다.

"뭔가 없으려나…… 왓!?"

메이플이 큼직한 건물 모퉁이를 돌았을 때 옆에서 튀어나온 몬스터와 딱 마주쳤다.

메이플이 올려다보니 커다란 몸통과 머리가 있고 긴 꼬리가 뻗어 있었다. 용이라기보다는 육식공룡을 떠올리게 하는 모습이었다. 공룡도 메이플을 인식하고 크게 포효를 지른다.

"【패럴라이즈 샤우트】!"

메이플은 선수필승이라는 듯 스킬을 발동해 상대를 확실하게 마비시키고 【포식자】에게 물어뜯게 한다.

"세 보이니까…… 【악식】도 써 버리자!"

메이플은 마비로 자세를 무너뜨리고 지면에 넘어진 공룡의 머리 부분을 방패로 짓뭉갠다. 【포식자】가 계속 물어뜯어 들어가는 대미지도 있어서 공룡은 쉽게 빛이 되어 사라졌다.

"후유…… 세 보여서 놀랐지만…… 마비가 되면 별것 아니네! 좋아—! 다음!"

시원스럽게 몬스터를 해치운 메이플은 그 기세로 다음 몬스터를 찾는다. 아무래도 다양한 종류의 몬스터가 있는 듯, 메이플은 대형에서 소형까지 여러 몬스터를 만났다.

하지만 그중 몇 종류는 메이플을 보자마자 도망쳐 버렸다.

"우우, 이러면 좀처럼 해치울 수가 없잖아……. 발이 느려서 그런가…… 응?"

메이플은 여기서 스테이터스에 몇 가지 처음 보는 아이콘이 있다는 것을 깨달았다. 거기에는 몬스터가 도망치는 디버프나 공격력이 상승하는 버프 등, 메이플이 건 기억도 걸린 기억도 없는 효과들이 나와 있었다.

"엑!? 어느새!? ……어어, 앗! 몬스터를 해치웠을 때!?"

디버프와 버프의 세부내용을 확인하자 일부 몬스터를 잡았을 때 걸린다는 설명이 있었다. 메이플은 서로 다른 종류의 몬스터를 팍팍 해치웠기 때문에 그만큼 많은 효과가 걸려 있었다.

"몬스터가 도망치면 안 돼! 이러면 잡을 수가 없잖아……!"

메이플은 【포학】은 아직 아끼고 싶어서 디버프가 있어도 도망치지 않는 흉폭한 몬스터와 전투를 되풀이했다. 하나하나 나름대로 세지만 메이플에 대항하기 위해 만들어진 건 아니라서 관통 공격도 거의 쓰지 않았다. 그렇게 되면 메이플에게는 격파 숫자를 올려 주는 짭짤한 몬스터일 뿐이다.

하지만 다른 플레이어의 동향을 알 수 없기 때문에 충분히 해치웠는지 걱정이 되어서 불안해졌다.

유적 주위의 몬스터를 【포식자】로 마구 먹어치우고 【히드라】로 독늪을 남기고 떠나간다. 유적을 빠져나와 숲속으로,

숲을 빠져나와 넓게 트인 초원으로 메이플은 걸음을 옮겼다.

"우, 더 잡고 싶은데…… 으응? 저건 혹시."

메이플의 눈에 들어온 것은 메이플의 키보다 큰 줄기를 가진 커다란 빨간 꽃이었다. 그 꽃은 과거에 다른 이벤트로 정글을 탐색했을 때 본 것과 아주 비슷했다.

"딱 자리도 넓어졌고…… 좋아! 여기라면!"

메이플은 커다란 꽃 아래로 다가가 병기를 전개하고 검이 된 한쪽 팔로 꽃줄기를 싹둑 잘랐다. 그리고 떨어진 빨간 꽃을 두 손으로 잘 받아냈다. 그러자 빨간 꽃, 아니 꽃 형태의 몬스터가 잘린 부분에서 재생된 줄기를 뿌리처럼 뻗어서 메이플을 옭아맸다.

"됐다! 잘 통했어! 이제……."

메이플은 그대로 줄기에 칭칭 감긴 채 가까이 있는 초원으로 가서 초원 중심에 앉았다.

"좋아, 힘내—! 에잇!"

메이플은 꽃에 말을 건 다음 꽃잎을 검으로 푹 찔렀다.

그러자 꽃에서 달콤한 향기가 감돌고, 초원 주위에 펼쳐진 숲에서 부스럭부스럭 뭔가가 다가오는 기척이 났다.

메이플이 노린 대로 빨간 꽃은 대량의 몬스터를 불러들였다. 원래는 위험하지만 메이플에게는 편리한 몬스터 몰이 장치일 뿐이다.

"됐다! 이러면 잡기 쉬워! 남한테 뺏기기 전에 해치워야지!"

메이플은 덮쳐드는 고블린과 멀리서 마법을 날리는 새 등을 잇달아 해치운다.

　병기를 절약하고자 가까이 있는 몬스터의 공격은【포식자】에 맡기고, 메이플은 멀리서 공격하는 몬스터에게 총탄을 맞히는 데 전념한다.

　"【포식자】가 죽어버리면 곤란하니까……【헌신의 자애】! 그리고 시럽【각성】!"

　마침내 내보낼 때가 왔다며 메이플은 시럽을 불러냈다. 대량의 몬스터가 메이플의 몸을 물어뜯거나 할퀴고 거리를 벌리는 등 제멋대로 행동하고 있지만 전혀 아랑곳하지 않는다.

　"시럽!【대자연】,【붉은 화원】,【하얀 화원】,【가라앉는 대지】!"

　메이플은 시럽을 끌어안은 채 스킬을 발동했다.

　메이플을 중심으로 빛을 발하던 지면에 빨갛고 하얀 꽃밭이 펼쳐진다.

　그 광경은 만약 지금처럼 몬스터가 잇달아 달려들지만 않는다면 가만히 구경하고 싶을 만큼 아름다웠다. 하지만 발생한 효과는 별로 아름답지 않았다. 빨간 꽃은 범위 내에서 받는 대미지를 증가시키고 하얀 꽃은 스테이터스를 저하시킨다.

　게다가 발을 들인 몬스터는【가라앉는 대지】로 성질이 바뀌어 밟으면 진창이 되는 지면에 삼켜진다. 그렇게 되지 않은 몬스터는【대자연】으로 덩굴에 붙들려【포식자】의 먹이가 된다.

메이플과 시럽을 중심으로 예쁘게 펼쳐지는 빨갛고 하얀 화원은 잘못 들어왔다간 죽음을 피할 수 없는 대지로 변해 있었다.

메이플은 덩굴로 공중에 붙들려 제물이 된 몬스터를 총격으로 전부 꿰뚫고, 몸에 감겨 있는 꽃을 다시 찌른다.

"한 번 더, 에잇!"

메이플은 또다시 달콤한 향기를 나게 해서 이 화원에 새로운 몬스터를 불렀다.

"디버프는 어떻게 됐을까……. 앗, 이건 곤란할지도……."

몬스터를 대량으로 해치운 메이플이 디버프를 확인하자, 맵에 자신의 위치가 공개된다는 내용이 있었다.

수많은 플레이어가 몬스터를 가로챌 수 있고, 또한 공격당할 거라고 생각한 메이플은 서둘러 몬스터를 잡았다.

하지만 메이플의 걱정과는 달리 아무리 시간이 지나도 다른 플레이어는 다가오지 않았다.

그럴 수밖에. 맵에 죽음의 땅이 뜨면 거기서 멀어지도록 움직이는 것이 당연하다.

무서운 걸 보고 싶어서 접근한 플레이어도 몬스터가 지면에 가라앉고, 덩굴에 꼬챙이처럼 꿰이고, 독늪이 펼쳐진 참상을 보고 역시 저건 건드려서는 안 된다며 떠나간다.

"아무도 안 오네……. 그럼, 한 번 더!"

메이플은 다시 빨간 꽃을 자극해 몬스터를 불러들였다.

◆ □ ◆ □ ◆ □ ◆ □ ◆

"후우…… 어떻게든…… 됐네. 고마워, 츠키미."

마이는 3미터 정도로 커진 츠키미의 등에 걸터앉아 황야를 성큼성큼 나아가고 있었다.

언제나 유이와 둘이서 서로 커버하며 싸워 온 마이에게 혼자 싸우는 건 익숙하지 않았다. 그래서 사각에서 기습당하지 않도록 널찍한 곳에서 이동하고 있는 것이다.

"아……! 다른 플레이어다."

멀리 다른 플레이어가 세 명 보인다. 파티는 못 맺지만 같은 길드 멤버가 운 좋게 만나면 마지막까지 살아남기 위해 협력하는 것도 당연하다.

멀리 있던 플레이어들이 마이라는 걸 알아차렸는지 각자 무기를 겨누고 다가온다. 【단풍나무】 멤버 중에서도 마이와 유이는 공격을 피하면서 잘 움직이면 어떻게 해치울 수 있기 때문에 플레이어들이 도망치지 않는 것이다.

"츠키미, 가자……! 【파워 쉐어】, 【돌진】!"

마이는 플레이어에게 어느 정도 접근하자 츠키미에게서 내려 지시를 내렸다.

츠키미와 마이를 붉은빛이 감싸고 나서 츠키미가 세 플레이어를 향해 뛰어들었다.

"츠키미! 【브라이트 스타】!"

마이의 목소리에 반응해 츠키미의 털이 더욱 아름답고 밝게 빛나기 시작한다. 그러다가 츠키미를 중심으로 희미한 녹색 빛이 확 퍼졌다.

그것은 아름다운 모습과는 반대로 무시무시한 대미지를 가해 중심 부근에서 명중한 플레이어를 일격에 없애 버린다.

"오, 우와아앗!?"

"마, 말도 안돼!"

"【비격】! 츠키미 【찢어 발기기】!"

마이를 경계하던 중에 예상 밖의 파괴력을 보이는 츠키미에게 놀라 움직임이 둔해졌을 때 단숨에 공격한다. 이 공격에 대응하지 못하고 나머지 두 플레이어도 빛이 되어 사라졌다.

"하아…… 다, 다행이다. 고마워, 츠키미는 세구나."

마이가 머리를 쓰다듬어 주자 츠키미가 기쁜 듯이 작게 울고 자세를 낮춘다. 마이는 등에 기어올라 다시 나아가기 시작한다.

마이는 그렇게 말했지만 아직 동료가 된 지 얼마 안 된 츠키미가 그런 공격력을 가지고 있을 리가 없었다. 확실히 다른 능력치보다 STR이 높은 테이밍 몬스터지만, 일격으로 없애지는 못할 것이다.

"【파워 쉐어】를 배워서 다행이야……."

【파워 쉐어】는 마이와 츠키미의 STR을 공유하는 스킬이다. 원래는 STR이 높아진 츠키미가 플레이어의 스테이터스를 강

화하는 데 쓰이지만, 마이와 유이의 경우는 그 반대다. 두 사람의 무시무시하게 높은 STR이 츠키미와 유키미에게 간다. 그렇게 되면 위력이 낮은 대신 범위 공격을 할 수 있는 스킬이, 즉사급 공격을 광범위로 날리는 스킬로 단숨에 바뀌는 것이다.

"유이도 아직 살아있을까……. 아, 메시지…… 유이야!"

마이는 주위에 몬스터와 플레이어가 없는 것을 확인하고 메시지를 읽었다.

〈언니. 나는 어떻게든 살아있지만 역시 언니가 없으니까 힘들어. 그래서 말인데, 맵을 봐 줘. 맵에 메이플 씨가 있는 장소가 나올 거야. 거기서 만나지 않을래?〉

마이가 맵을 확인하자 정말로 메이플의 위치가 맵에 떠 있다. 이유는 모르겠지만 좋은 표식이 될 것이다.

"응, 알았어…… 라고 보내자."

〈잘됐다! 그럼 메이플 씨 앞에서 집합이야! 죽으면 안 돼?〉

유이가 보낸 답장을 확인하고, 마이는 츠키미를 달리게 했다.

"가자…… 츠키미! 【스타 스텝】!"

츠키미의 발자국이 반짝반짝 빛나고 빛이 둘을 감싼다. 츠키미의 이동 속도가 올라가는 단순한 스킬이지만 평소에 걸을 때와는 비교도 안 되는 속도로 갈 수 있다. 도중에 나타나는 몬스터는 츠키미에 탄 채 기세에 맡겨 날려 버린다.

"츠키미! 【눈속임】! 【디스트로이드 모드】, 【더블 스트라이크】!"

츠키미의 스킬로 한순간 스턴이 들어간다. 그것은 마이 앞에서는 치명적인 빈틈이 되어, 묵직한 소리와 함께 눈앞에 있던 골렘과 오크가 튕겨 날아갔다.

격파에 시간이 걸리지 않아서 마이의 몬스터 격파 숫자는 상당히 많이 올라가 있었다.

꼭 지나가야만 하는 숲은 츠키미에게 달라붙어 나무를 올라가게 하고 나뭇가지를 뛰어 건너서 이동했다.

츠키미는 그 덩치에서 상상할 수 없는 날렵함으로 마이의 기동력을 확보하고 있었다.

"에헷, 정말 츠키미가 있어서 다행이야……."

그리고 목적지 근처의 나뭇가지에 올라타 유이의 연락을 기다리고 있자, 핑크색 빛을 발하는 하얀 곰이 똑같이 나무 위를 건너서 다가오는 것이 보였다.

"유이!"

"언니! 다행이다! 어때? 몬스터는 좀 잡았어?"

"츠키미 덕분에 간신히…… 유이는?"

"나도 유키미가 완전 활약해서! 다른 플레이어도 꽤 많이 해치웠어!"

똑같은 몬스터를 똑같이 성장시켰기 때문에 마이가 할 수 있는 일은 유이도 할 수 있다.

"실수로 스킬을 쓰지 않도록 하자. 우린 지금은 파티를 못 맺으니까……."

"그치. 그리고 메이플 씨를 보고 가자. 아직 같은 곳에 있는 것 같으니까."

"맵 표시는 계속 안 없어지는 걸까……. 그럼 메이플 씨도 힘들지 몰라."

두 사람은 가지를 건너가 숲과 인접한, 맵에는 초원이라고 나오는 쪽을 확인했다. 그곳에는 지옥이 펼쳐져 있었다.

초원의 모습은 흔적도 없고 일대에 보라색 독늪이 펼쳐져 있는데, 그 독늪에 색색의 꽃들이 흐드러지게 피어 있는 것이 몹시 불길하다.

늪에 뛰어드는 몬스터는 마이와 유이가 잡았던 것과는 달리 모두 확연하게 강력해 보이고, 커다란 용 같은 것도 있었다.

그리고 그 모든 몬스터들이 지면에서 튀어나온 식물과 날카로운 암석에 꿰뚫린 다음 몸이 식물에 뒤덮여 지속 대미지를 받고 있었다.

독, 수면, 마비. 그리고 무언가에 의한 지속 대미지로 몬스터들이 진입할 때마다 시체가 생긴다.

빛이 되어 사라지는 시스템 처리가 없었다면, 정말 끔찍한 광경이 펼쳐졌으리라.

"메, 메이플 씨는 저 한복판에 있는 거야……?"

"그런, 것 같아. 하지만 우리도 다가갈 수 없으니까…… 저 대로 놔두자, 언니……."

"응, 그치……. 나중에 뭘 했는지 물어볼까."

시간이 흐를 때마다 지독해지는 눈앞의 참상에서 눈을 돌리고, 두 사람은 사냥할 수 있는 몬스터가 있는 곳을 찾아 나무 위를 건너갔다.

"후우, 어떻게 할까……. 메이플한테는 모두가 상위에 들자고 약속했지만……."

이즈는 어떡할지 생각했다. 강력한 폭탄 같은 걸 써서 대미지를 줄 수는 있지만 나름대로 준비가 필요해서, 상위에 들 수 있을 만큼 몬스터를 많이 잡으려면 품이 많이 들었다.

"우선은 준비를 해야지. 좋아, 이 근처일까. 모두에게 메시지를 보내 놓고……."

이즈는 마이와 유이와는 다르게 숲보다 더 깊은 정글을 중심으로 몬스터를 사냥하기로 했다. 이곳에는 몬스터도, 사냥하러 온 플레이어도 상당히 많이 있다. 이즈는 그들에게 발견되

지 않게 공격 준비를 시작했다. 길드 멤버에게는 정글에 다가
오지 말라고 연락했으니 요란하게 해도 문제없다.

　이즈는 페이를 불러내고 인벤토리에서 폭탄을 꺼냈다. 페이
는 지금 숲에 어울리는 나뭇잎 날개로 둥실둥실 날아다니고
있다.

　"페이, 【숲의 분노】, 【아이템 강화】, 【정령의 장난】, 【리사
이클】!"

　이즈가 페이에게 지시하자 페이가 폭탄에 하늘하늘 다가가
녹색 오라를 씌운다. 잠시 후 오라가 폭탄에 흡수되고 폭탄의
형태가 바뀐다. 그렇게 더욱 공격적인 효과를 내게 된 폭탄의
위력을 더욱 늘리고 만족스럽게 바라본다. 【정령의 장난】으
로 설치한 본인과 길드 멤버에게만 보이게 한 폭탄은 이제 발
동할 때만을 기다리게 되었다.

　"이렇게 가시투성이가 되는구나……. 자, 설치하고."

　마치 밤송이처럼 가시투성이가 된 폭탄을 금방 터지지 않도
록 수풀에 놓거나 나무의 옹이구멍에 집어넣는 식으로 몰래
준비하면서 돌아다닌다.

　"다음은 이거."

　이즈가 작은 가방에서 파란 결정을 꺼내 부순다. 그러자 거
기서 물이 흘러나오고 페이의 모습이 물방울처럼 변했다.

　"좋아, 더 많이 설치하자. 페이 【물의 실】!"

　다음으로 페이를 날아다니게 해서 주의를 기울이지 않으면

알아챌 수 없을 만큼 가느다란 물의 실을 정글에 잔뜩 친다. 이렇게 정글이 조금씩 조금씩 이즈의 스킬과 아이템으로 메워져 간다.

페이는 이즈가 결정을 부술 때마다 모습을 바꾸어 아이템에 다양한 효과를 부여했다.

얼음, 번개, 흙, 불꽃. 그 모두가 투명하기 때문에 정글의 겉모습은 바뀌지 않는다.

"후우…… 좋아, 이쯤 하면 됐어. 페이, 수고했어."

이즈는 밧줄을 써서 나무 위로 피신하고 그대로 밧줄로 몸을 나무에 고정한 다음 페이가 근처에 쳐 준 물의 실을 확인했다.

"좋아, 길드 사람들이 없는 것도 확인했고…… 간다……! 페이! 【요정의 보호】!"

페이의 스킬은 아이템에 의한 대미지를 대폭 차단하는 것이다. 혹시 모르니 신중하게, 이즈의 몸을 스킬 이펙트가 감싼 후 노란색 결정을 물의 실 바로 근처에서 부쉈다.

전격이 발생하더니 물의 실을 타고 나가 정글을 순식간에 내달린다.

이즈가 눈을 감고 두 귀를 막은 직후, 정글 전역에서 섬광과 폭염이 날뛰었다.

"……윽!"

물의 실을 타고 나간 전격에 폭발한 폭탄이 얼음 칼날과 독액, 불꽃에 번개, 바람에 빛 등 페이가 부여한 효과를 흩뿌리고 마구잡이로 상태이상과 폭발 대미지를 가한다.

심지어 방금 설치한 이즈의 폭탄은 한 번에 소멸하지 않는다. 【리사이클】 효과 덕분에 사용 후 50% 확률로 아이템이 미사용 상태로 돌아가는 것이다.

아무것도 없었던 지면이 갑자기 폭발하면서, 정글에는 더이상 도망칠 데가 없었다. 폭발음이 완전히 멎은 후 이즈가 지면을 내려다보자 그곳은 원래 정글이었다고 생각할 수 없을 정도로 다양한 속성을 보여주는 물질로 뒤덮여 있었다.

"……조, 조금 심했나? 하, 하지만 다 함께 상위에 들기 위해서니까!"

이즈는 아직 시간이 있다며 다음 폭파 예정지로 달려갔다.

"허!? ……진짜냐, 저거…….."

크롬은 멀리 보이는 정글 쪽을 보고 아연실색했다. 크롬은 저 갑작스레 일어난 폭발의 원인을 알고 있었다.

"페이의 능력이나 뭐 그런 건가……. 무서워라."

상당한 숫자의 몬스터와 플레이어가 죽었겠다고 생각하던 차에 이즈에게서 다시 메시지가 도착했다.

"다음 폭발 예고인가, 가까이 가지 않도록 해야겠군…….
여러 번 폭발했으니, 실수로 들어갔다간 아무래도 죽겠지."

크롬은 기본적으로 늘 갑옷 타입의 테이밍 몬스터 네크로를 장착하고 있다. 네크로의 강점은 장착함으로써 네크로의 스테이터스 일부가 크롬 자신의 스테이터스에도 반영된다는 점이다.

화려한 행동은 못 하지만 크롬의 생존력은 더 강화됐다.

크롬은 몇 번이나 플레이어나 몬스터와 교전했지만, 일대일 상황에서 크롬의 회복력을 뚫는 것은 어렵기 때문에 순조롭게 연이어 승리를 거두고 있었다.

그러던 크롬 앞에 나무 몬스터 트렌트가 나타났다. 그런데 몇 그루나 없애버리고 왔던 놈들과 달리 거대한 개체였다.

"오! 대형인가. 저놈은 분명 몬스터 위치를 알 수 있게 되는 버프를 주는 녀석이군."

마이나 유이와 달리 테이밍 몬스터로 인해 이동 속도가 그렇게 올라가지 않은 크롬에게 몬스터의 위치를 안다는 것은 중요하다.

"자, 가자! 네크로! 【유령갑옷 · 단단한 우리】!"

크롬의 목소리에 따라 네크로가 형태를 바꾼다. 갑옷은 더욱 단단하고 튼튼해지고, 방패는 더 큰 사이즈로 강화된다. 그 대신 이동 속도와 공격력은 떨어지지만, 보다 강력한 방어 능력을 손에 넣을 수 있다.

네크로의 특징은 형태를 바꿈으로써 다른 스킬을 쓸 수 있고, 그에 맞춰 능력이 변화한다는 점이다.

"빈틈을 보일 때까지는…… 찬찬히 공략해 주마!"

크롬은 방패로 공격을 막고 반격한다. 트렌트의 공격은 단순해서 더욱 강고해진 크롬의 방어를 부수지 못한다.

"네크로! 【충격반사】!"

게다가 네크로에게 스킬을 사용하게 해서 방패로 가드할 때 상대에게 대미지를 줄 수 있게 되었다. 트렌트는 공격할수록 불리해진다.

"【실드 어택】! 네크로 【유령갑옷 · 공세】!"

트렌트의 자세가 흐트러진 것을 보고 네크로에게 형태 변화를 명령한다.

그러자 크롬의 도끼가 롱 소드 정도로 길어지고, 갑옷에서 파란 불꽃이 솟아오른다.

"네크로 【생기흡수】!"

네크로 덕분에 크롬의 회복 스킬은 하나 더 늘어났다. 무기로 공격할 때 네크로가 이 형태이면 이중 회복 효과를 준다. 두려워하지 않고 팍팍 공격해 나가면 HP는 좀처럼 줄어들지 않는다.

"좋아, 마지막이다!"

롱 소드를 휘둘러 트렌트를 훅 베어 쓰러뜨리고, 몬스터의 위치를 알려주는 버프가 생긴 것을 확인하고 맵을 열어 본다.

"좋아, 이걸로 맵에 몬스터가 나오는군. 엇…… 메이플은 또 뭔가 하고 있는 건가. 계속 저 자리에 있는 걸 보면 뭔가 승산이 있는 건가……. 뭘 하고 있으려나…….”

크롬은 메이플이 어떻게 된 줄 모른다. 하지만 세상에는 모르는 게 약이라는 말도 있다.

“좋아. 네크로, 긁어모을 시간이다. 잘 부탁한다, 나 혼자선 대미지가 부족하니 말이야. 【도발】!”

크롬의 스킬에 반응해 몬스터가 몇 마리나 달려든다. 조금 전보다 작은 트렌트가 가지를 뻗는다. 나비 몬스터가 상태이상을 거는 날개 가루를 뿌리고, 무리를 지어 행동하는 고블린은 수풀에서 튀어나와 기습한다.

“네크로! 【고스트 차지】!”

크롬이 명령하자 롱 소드에서 파란 불꽃이 조금씩 흘러나오기 시작했다. 크롬은 그 불꽃이 커져가는 것을 보면서 방패를 들어 공격을 계속 막는다. 그리고 한동안 버티자 롱 소드에서 한층 커다란 불꽃이 뿜어져 나왔다.

“네크로! 【버스트 플레임】!”

대기 시간이 긴 만큼 위력이 강해서, 파르스름한 불꽃이 전방을 불태워 몬스터에게 커다란 대미지를 가한다. 게다가 【화상】 지속 대미지도 들어가 단숨에 상황을 유리하게 만든다. 이제 한 마리씩 남은 HP를 깎으면 된다.

“후우, 살았어. 포위당했을 때 편해진 건 참 고맙군.”

네크로가 동료가 되고 나서 솔로 공략이 더 순조로워졌다는 걸 실감했다. 시럽을 빌렸을 때도 느꼈지만 역시 테이밍 몬스터의 존재는 컸다.

"상위에 들기 위해서 노력해야지. 저 상황을 보니 이즈도 많이 올라갈 테고. 나만 떨어질 수는 없으니까."

메이플과 사리가 몬스터를 쓰다듬는 것처럼 크롬은 갑옷을 통통 두드려 네크로를 칭찬하고, 서둘러 맵에 몬스터가 표시된 곳으로 갔다.

【단풍나무】멤버들은 각각 순조롭게 격파 숫자를 늘리고 있었다. 역시 테이밍 몬스터는 전원의 전투 방식에 커다란 변화를 가져왔다. 특히 카나데의 경우가 두드러졌다.

"효과는 떨어지지만 마음껏 쓸 수 있는 건 좋은데."

【의태】의 쿨타임이 상당히 길지만 카나데와 이 테이밍 몬스터는 궁합이 잘 맞았다. 소우가 마도서를 아무리 써도 원본인 카나데가 그 마도서를 책장에 남겨놓으면 다시 【의태】했을 때 한 번 썼던 마도서가 책장에 다시 꽂혀 있는 것이다.

그래서 능력의 강함을 측정한다는 목적도 있어 기본적으로 소우가 전투를 치르고, 카나데는 로브를 입고 나무 위나 그림자 등에 숨어 있었다.

만에 하나 소우가 공격받아도 카나데 본인이 안전하게 허를 찌를 수 있다.

"그래도 이제는 슬슬 소우의 마도서가 줄어들었나……. 소우, 【휴면】."

카나데는 누군가가 다가오는 기척을 느끼고 자신의 술법을 감추기 위해 일단 소우를 반지로 되돌렸다.

수풀을 헤치고 모습을 드러낸 플레이어를 보고 카나데는 쓴웃음을 지었다.

"아하하, 나도 운이 나쁜걸."

거기 있는 것은 드레드와 드라그였다. 두 사람 옆에는 각각 검은 털 늑대와 바위 골렘이 있었다. 톱클래스 플레이어 두 사람에 테이밍 몬스터까지 있다면 승산이 낮다.

"어이쿠, 혼자냐……. 미안하지만 봐주진 않아."

"오, 카나데냐. 하핫, 좋은데."

"아무래도…… 불리하려나! 【우드 월】!"

카나데는 무기를 겨누는 두 사람과의 사이에 나무 벽을 만들어내고 그 자리를 벗어나려 했다.

그리고 조금 거리를 벌릴 수 있겠다고 생각한 그때.

"어스! 【모래의 왕】이다!"

드라그가 그렇게 명령하는 것을 듣고 카나데가 뒤를 확인하자 나무 벽은 한순간에 모래로 변해 무력화되어 있었다. 그리고 늑대와 함께 드레드가 달려온다.

"【파이어 스톰】! 【토네이도】!"

"섀도우 【그림자 숨기】."

카나데 쪽에서 불꽃과 바람의 회오리가 덮쳐들지만 그 직전에 섀도우라 불린 늑대가 검은 털을 더욱 검게 바꾸고 드레드와 함께 지면에 숨어든다. 단 한순간이었지만 회오리를 피하기에는 충분했다.

"【초가속】!"

"【대자연】!"

"어스! 【대지 제어】!"

가속하는 드레드를 막으려고 카나데가 시럽도 가지고 있는 스킬을 썼지만 스킬은 허사가 되고 말았다.

"으라아! 【땅가르기】!"

"【그림자 분신】!"

이대로 움직임이 묶일 수는 없어서 카나데는 분신하는 스킬을 발동했다.

그러나.

"섀도우 【그림자 무리】."

카나데의 분신을 까마득히 웃도는 숫자의 늑대가 섀도우 발밑의 그림자에서 나타나 카나데의 분신을 한순간에 흩어 버렸다.

그리고 드라그의 【땅가르기】에 발이 묶인 카나데를 드레드의 단검이 갈랐다.

"【트리플 슬래시】!"

HP와 방어력을 올리지 않은 카나데가 그 공격을 버틸 수 있을 리 없어서 그대로 빛이 되어 사라진다.

드레드와 드라그는 그 모습을 확인하고 무기를 집어넣었다.

"좋아, 【단풍나무】는 라이벌이니 말이야. 메달을 얻기 쉬운 필드로 가게 할 수는 없지."

"좀 허무한데……. 유효한 스킬이 더 있었을 것 같은데."

"뭐, 그렇지. 하지만 생각해 봐야 소용없어. 실제로 이렇게 사망 이펙트도 나왔잖아."

"그래, 몬스터를 사냥하러 안 가면 순위도 떨어지겠지. 플레이어에 집착해 봤자 시간 낭비인가."

이번에는 플레이어를 적극적으로 해치우는 이점이 별로 없다. 중요한 것은 어떻게 몬스터를 해치우느냐다. 그리고 두 사람은 그 자리에서 떠나갔다.

그로부터 잠시 후 로브를 입은 플레이어 카나데가 돌아왔다.

"후…… 위험했어. 역시 대적할 수 없네. 하지만 잘했어, 소우."

카나데는 근처 수풀을 버석버석 헤치고 크기가 반으로 작아진 슬라임 형태의 소우를 들어 올렸다.

"【분열】에 【의태】…… 덕분에 겨우 희생 없이 끝났어."

카나데는 나무 벽을 만들자마자 마도서로 모습을 감추고, 불러낸 소우와 교대한 다음 【분열】로 가짜 소우를 만들어서 싸우게 한 것이다.

분열한 본체는 근처에 있어야 하기 때문에 발견될지 어떨지는 도박이었지만, 잘된 것 같았다.

"저 사람들의 테이밍 몬스터도 봤으니까, 수확은 있었네. 하지만…… 저건 센데. 다음에 사리하고 의논할까."

드레드가 동료로 삼은 새도우라는 늑대도, 드라그의 어스라는 골렘도 아주 잠시간 교전하는 사이에 성가신 능력이 있다는 것을 알게 되었다. 소우의 마법도 맞으면 나름대로 대미지를 각오해야 하는 것뿐이고 공격 범위도 우수했다. 메이플과 사리가 쓰는 방해 스킬까지 쓰게 했는데도 너무도 쉽게 깨졌다. 대책을 세워두지 않으면 위험한 때가 찾아올 것이다.

"자, 다음엔 몬스터와 마주쳤으면 좋겠는데."

카나데는 작아진 소우를 머리 위에 얹고 다음 몬스터를 찾아 걸어갔다.

필드에는 당연히 플레이어가 많기 때문에 아무와도 마주치지 않을 만한 장소를 찾기 어렵다. 순조롭게 몬스터를 해치우고 생존한 플레이어들 세 명이 안개가 짙게 깔린 숲속으로 발을 들였다.

나름대로 많은 몬스터를 해치웠기 때문에 다른 플레이어들과 멀어져서 시간을 보내려고 한 것이다. 원래 시야가 나빠지는 안개 낀 숲은 기습당할 가능성이 올라가므로 구태여 들어갈 장소는 아니었다. 그래서 오히려 그 심리를 역으로 이용할 생각이었다.

"이 근처라면 괜찮겠지."

"야아, 다행이야. 길드 멤버랑 만난 건 행운이었어."

머릿수는 그것만으로도 힘이 된다. 파티를 맺을 수 없어도 의사소통이 가능하고 연계할 수 있는 아군이 있다는 것은 큰 이점이다.

"그래, 맞아. 너도 그렇게 생각하지……? 어?"

"무슨 일 있어……? 어라?"

셋이서 안개 낀 숲에 들어왔을 텐데, 어느새 둘이 되어 있었다. 아무 말도 없이 어디 갈 리가 없다며 두 사람은 분담해서 주위를 찾아보았지만 있어야 할 동료가 보이지 않았다.

"어이! 역시 없는데…… 말도 안 돼."

잠깐 눈을 뗀 사이에 조금 전까지 있었던 다른 동료 한 명도 사라져 버려, 남자는 당황해서 주위를 둘러보았다.

"아, 뭐지……?"

그때 안개 너머에 붉은 눈동자 두 개가 보였다. 그리고 그것을 본 순간 마비 이펙트가 나타나고 몸이 움직이지 않았다.

"제길! 큰일 났……."

남자는 죽음을 깨닫고 어떻게든 몸을 움직이려 했지만 마비 효과 시간이 끝나지 않고서야 어쩔 도리가 없었다. 이어서 안개를 헤치고 모습을 드러낸 것은 거대한 흰 뱀. 남자는 각오했지만 충격은 의외로 뒤쪽에서 찾아왔다.

"【일섬】."

일자로 벤 칼이 남자를 때려 HP를 0으로 만든다.

그것을 확인하고 남자를 벤 인물, 카스미는 흰 뱀 하쿠에게 걸어가 머리에 뛰어올라 앉았다.

"또 몬스터가 생성된 것 같군. 그쪽으로 가자."

하쿠는 나무와 나무 사이를 스르륵 빠져나가며 숲속을 순회한다. 사실 이 안개도 하쿠가 만든 것이다.

"하아……. 하쿠, 금세 커졌구나. 아군이 되니 든든하군."

하쿠는 레벨을 올리자 시럽의 【거대화】와 비슷한 스킬로 【초거대화】라는 것을 배웠다.

이 스킬을 발동하고 안개를 만드는 스킬을 사용하면 넓은 구역을 기어 다니며 영역으로 삼을 수가 있다.

카스미는 이 숲에 들어온 플레이어를 발견하면 하쿠의 힘으로 마비시켜 베었다. 물론 몬스터도 마찬가지다. 숲을 빙빙 돌아다니며 발견한 자부터 하쿠와 둘이서 없애버린다.

이동도 하쿠에게 맡겨서 편하다.

잠시 이동해 보니 이 숲에 나오는 대형 몬스터인 5미터는 되는 멧돼지와 싸우는 플레이어 세 명의 모습이 보였다. 시간이 경과함에 따라 메시지로 연락을 취해 합류하는 사람들도 많아졌다.

"좋아, 있군……. 간다, 하쿠!"

플레이어와 멧돼지를 한꺼번에 해치워 버리려고 카스미는 하쿠를 가속시켜 그대로 옆에서 멧돼지의 몸통을 물어뜯게 한다.

"【무사의 팔】, 【혈도】!"

안개 속에서 갑자기 나타난 카스미에게 반응하지 못하고 한 플레이어가 액체처럼 변한 칼에 베였다. 태세가 무너지자 그대로 치고 들어온 카스미의 칼과 양옆의 팔이 휘두르는 칼이 각각 한 명씩 플레이어를 일도양단했다.

"하쿠! 【마비독】! 【제4의 검ㆍ선풍】."

카스미는 멧돼지를 돌아보고, 하쿠가 물어서 마비시킨 멧돼지의 머리에 연속 공격을 퍼붓는다.

하쿠는 그렇게 많은 스킬을 배우지는 않았다. 하지만 높은 스테이터스와 커다란 몸이 무기였다.

하쿠는 그대로 스르르 움직여 멧돼지를 조여서 대미지를 가한다.

세 명이 깎았던 분량도 있어서 금세 HP를 0으로 만들 수 있었다.

"좋아, 이번에도 잘 됐군. 음, 가까이 있는 플레이어의 위치를 알 수 있는 버프인가……."

카스미는 하쿠의 머리에 타고 맵에 표기된 플레이어 아이콘으로 향한다. 발견한 플레이어를 해치우면 【단풍나무】의 순위를 올리는 결과로 이어진다.

"하핫, 이곳은 내 영역이니 말이다. 들어온 자는 없애 버리자. 좋지, 하쿠."

스르르 소리를 내며 흰 뱀이 안개 속을 기어간다. 그리고 한동안 안개 속에서는 비명이 끊이지 않았다.

【염제의 나라】 길드 멤버인 미저리, 마르크스, 신. 이렇게 세 사람은 잘 합류해서 함께 몬스터를 요령껏 사냥하며 다니고 있었다. 맵이 공개되어 있어서 연락을 취하고 이동하기만 하면 미이와도 합류할 수 있지만…… 세 사람은 굳이 그러지는 않았다.

"어디까지나 파티는 아니니까 말이야."

"그렇죠. 미이의 범위 공격에 말려들면 무사히 끝나지는 않을 테니까……."

"갠…… 화력을 제어하지 못하니까……."

미이는 자신을 중심으로 지역을 불사르는 공격이 특기인데, 개개인이 모여 있는 상태에서 그런 짓을 했다간 세 사람까지 불덩이가 되어 버린다.

"뭐, 미이라면 혼자서도 잘할 거야. 우리는 우리끼리 확실하게 격파 숫자를 늘려야지. 내가 HP를 줄일 테니 막타를 부탁해."

신은 합류하기 전에도 【붕검】과 매 타입 테이밍 몬스터인 '웬' 과 함께 상당히 많은 몬스터를 해치웠다.

그에 비하면 아무리 공격도 가능하다지만 회복 특화와 함정 특화인 미저리와 마르크스는 효율이 나쁘다. 어쨌든 그러던 중에 호랑이 몬스터의 모습을 발견했다.

"자, 맡길게요."

"지원은 할 수 있지만…… 실수로 함정을 밟지는 마……?"

"난 가만히 서서도 싸울 수 있으니까. 발밑에만 안 놓으면 괜찮아. 간다! 【붕검】!"

신은 다가오는 호랑이에게 검을 날려 난자한다.

"웬! 【풍신】!"

웬이라 불린 매 주위에서 강렬한 바람이 소용돌이치더니 수많은 바람의 칼날이 되어 또다시 호랑이를 찢는다.

호랑이는 세 사람에게 접근하려고 했을 뿐인데 몇 개나 되는 칼에 난도질당해 빈사상태가 될 때까지 HP가 깎이고 말았다. 일격에는 무게가 없지만 테이밍 몬스터를 포함해 공격 횟수가 이만큼이나 많으면 이야기가 다르다.

"【홀리 랜스】!"

약속대로 미저리가 막타를 치고 다음 사냥감으로 이동한다.

"항상 생각하는 건데…… 잘도 검을 그만큼이나 날릴 수 있네……."

"익숙해져서 그래. 어쩌다 보니 할 수 있게 된 거야."

"그게 익숙해진다고 되는 일인가요?"

"너희 몬스터는? 저번에 들었을 때하고 뭔가 변화는 있어?"

"나? ……클리어는 아직 그렇게 대단한 건 못해. 카멜레온 답게 모습을 감추거나…… 아, 하지만 최근에 나도 투명하게 만들 수 있게 됐나…….'"

"제 벨은 여전해요. 이런 경우는 드문 것 같지만요."

"아직 패시브 스킬 외에는 아무것도 배우지 않았나. 그건 확실히 드문 일이군."

미저리가 벨이라 부른 장모종 하얀 고양이는 자신 주변의 아주 작은 범위에 버프 효과를 부여하는 패시브 스킬을 잇달아 배웠다. 회복력 상승과 부여 대미지 증가 등이다.

하지만 아직 범위가 좁아서 실용적이라 하기는 어려웠다.

"분명 대기만성형일 거예요. 소중하게 키워 가겠어요."

"어차, 폐허 구역에 들어가자. 플레이어가 있는 경우가 많거든."

"뒤에서 못 쫓아오게…… 함정을 설치할게."

"오오, 좋은데! 도움이 되겠어."

그리고 세 사람은 몬스터를 사냥하면서 폐허 속을 나아간다. 신의 예상대로 플레이어도 어느 정도 있었지만 세 사람의 상대는 되지 않았다.

하지만 한동안 사냥하다 보니 아는 목소리가 들렸다.

"흠~흠~흠흠~…… 퀙, 【염제의 나라】의……!"

"엇, 프레데리카."

목소리의 주인공은 프레데리카였다. 지금은 혼자인 듯, 지팡이를 들고 슬금슬금 거리를 벌리려고 한다. 후방 클래스 혼자서 3인조와 전투하기엔 힘든 건 분명했다.

"아하하~ 죽으면 페인이 화낼 것 같으니까~. 넘어가 주지 않을래?"

프레데리카는 전투를 피하려고 시도했지만 라이벌 길드 멤버쯤 되면 물러설 리가 없다.

"간다!"

"네!"

"응⋯⋯."

"아~ 진짜~ 왜~!? 윽, 어쩔 수 없지. 노츠【각성】!"

프레데리카의 머리 위에 노란 작은 새가 톡 앉는다. 스킬을 최소한으로 쓰고 끝나면 좋겠다고 생각했지만 어쨌거나 어떻게든 이 자리를 헤쳐 나가야만 한다.

"웬!【풍신】!"

"노츠【돌림노래】! 후~【다중장벽】."

대량으로 날아드는 바람의 칼날과 신의【붕검】을 프레데리카의 장벽이 받아낸다. 장벽은 버티지 못하고 쩡 소리를 내며 깨졌지만 신은 이전에 비해 양이 훨씬 많다는 것을 알아차렸다.

"공격 횟수라면~ 나도 안 꿀리거든~?【다중염탄】,【다중

광탄】.”

　마법진이 전개된 직후 노츠의 울음소리가 들렸나 싶더니 마법진이 두 배로 늘어났다.

　“어때~? 물론 죽지는 않겠지만~.”

　프레데리카와 노츠가 만들어낸 빛과 불꽃의 총탄이 세 사람을 향해 대량으로 날아든다.

　“맡겨 주세요.”

　“응…… 막을게.”

　미저리는 프레데리카와 똑같이 마법 장벽을, 마르크스는 바위로 방벽을 만들어 날아드는 마법을 전부 막는다. 공격과 방어가 충돌한 여파로 모래 먼지가 피어오른다.

　세 사람은 추가 공격을 경계했지만 프레데리카는 이들과 싸울 생각은 애초에 없었는지, 시야가 회복됐을 때는 이미 그 자리에 없었다.

　“도망쳤나.”

　“설마 신과 같은 수준의 공격 횟수를 가지고 있을 줄은 몰랐네요.”

　“그러게, 요주의인가…… 아.”

　“응? 왜 그래, 마르크스.”

　“걸렸다.”

　폐허 여기저기 설치하고 온 함정──특히 여기서 나가는 자가 걸리기 쉽도록 마르크스가 설치한 거였다. 설치 센스가 뛰어난 마르크스의 함정에 도망쳤다고 안심하고 있던 프레데리카가 걸리지 않을 리가 없었다.

"우~! 크으~. 모처럼 멋지게 도망쳤는데!"
구덩이에 떨어지는 도중에 간신히 마법으로 발판을 만들어 추락사를 면한 프레데리카가 투덜거리며 구덩이를 기어오른다.
"어휴~ 최악이야……. 빨리 도망쳐야지……."
겨우 탈출에 성공했지만, 폐허 주위가 마르크스의 함정투성이인 상태여서 따라잡히면 이번에야말로 불리하다. 프레데리카는 언제나 든든한【집결의 성검】의 삼인방 중 누군가와 합류하기 위해 꼼꼼하게 함정을 살피고, 후다닥 뛰어서 황급히 폐허를 뒤로했다.

"다들 아직 당하지 않은 걸 보니 잘하고 있는 것 같네. 어째 메이플은 계속 맵에 표시되고 있지만……."
예선 시간이 얼마 안 남았을 때 사리는 기지개를 쭉 켰다. 플레이어가 많이 죽어서 마주치는 일이 적어졌다. 이렇게 되면 몬스터를 사냥하기도 쉬워진다.
"이제 나름대로 많이 사냥하다 보면 괜찮을 것 같은데…….

좋은 기회였는데, 세 보이는 테이밍 몬스터를 가진 사람이 싸우는 모습은 못 봤네."

【집결의 성검】과 【염제의 나라】 이외에도 경계해야 할 플레이어가 있는지 등등, 수많은 플레이어가 진심으로 살아남으려 하는 이벤트에서는 정보에 따라 얻을 수 있는 것도 달라진다.

"오, 미이가 맵에 나오네! 남은 시간도 적으니…… 몬스터를 잡으면서 가 볼까!"

사리는 미이가 있는 방향을 향해 달려가면서 도중에 나오는 몬스터는 틈틈이 베었다.

"오보로 【구속결계】! 【퀸터플 슬래시】!"

움직임을 막아 버리면 공격도 안 받는다. 그러면 스킬로 강력한 공격을 펼칠 수 있다. 초 고난이도가 아니면 공격이 단순하고 HP도 그리 높지 않아서 사리의 적수가 못 된다.

"영, 차. 저긴가…… 우와아……."

그곳에는 불꽃을 두른 새와 함께 몬스터와 플레이어를 불사르는 미이의 모습이 있었다.

"역시 미이도 상당히 마구잡이로 하고 있네."

미이가 있는 황무지에는 여기저기 불꽃이 타고 있어서 격렬한 전투가 벌어졌다는 것을 알려준다.

"저게 메이플이 말한 이그니스구나. 잠깐 관찰할까."

사리는 플레이어에게 불시에 습격당하지 않게 스킬로 거미줄을 연결해 높은 나무에 올랐다. 여기라면 지상에서는 시야에 들어오기 힘들고, 혹시 누가 다가오더라도 중간에 알아차릴 수 있을 것이다.

"자 그럼, 몬스터나 플레이어는 안 오려나…… 응?"

사리가 응시한 곳에는 본 적이 있는 흰 갑옷과 검을 든 남자, 페인이 있었다.

"헤에…… 이거 재밌는 장면을 볼 수 있을지도 모르겠네."

【집결의 성검】과【염제의 나라】…… 2대 상위 길드의 길드 마스터의 대결을 예감하고, 사리는 씨익 웃었다.

"맵에 뜬다는 건 알고 있었다만, 설마 네가 올 줄이야."

미이는 MP 포션을 마시고 언제든지 전투에 들어갈 수 있게 태세를 갖춘다.

"그래, 이미 몬스터도 충분히 사냥했다. 그래서 라이벌의 강함을 확인하러 왔지. 레이,【각성】."

페인이 그렇게 말하자 반지에서 은색 비늘을 가진 아기용이 나타난다. 대형 새 정도 크기의 용이 날개를 접고 주인의 어깨에 앉았다.

"재미있는 인연이군. 나도 이미 충분히 몬스터를 해치운 참이었다."

미이가 그렇게 말하고 이그니스를 불러내【염제】를 발동하자, 페인도 검을 뽑는다.

그것이 신호가 되었다.

"【호염】!"

"【광휘의 성검】!"

미이 옆에서는 업화가, 페인에게서는 빛의 격류가 분출해 황야에 휘몰아친다.

"이그니스【연계 화염】!"

"레이, 【성룡(聖龍)의 가호】다."

각자 버프를 받아 단숨에 전진한다. 미이도 거리를 벌릴 생각은 애초에 없는 듯, 【플레어 액셀】을 써서 접근한다.

"【창염】! 【폭염】!"

"【퇴마의 성검】! 【성스러운 빛】!"

한 번 닿을 때마다 격렬한 이펙트가 터지고 스킬과 스킬이 상쇄된다. 모든 공격이 일격에 대세를 결정할 정도로 위력이 강하다.

페인이 휘두르는 검을 미이가 잘 피하며 마법을 쏜다. 그러나 페인도 그것을 직접 받지 않고 확실하게 피하고, 다시 공격으로 전환한다.

"레이, 【거대화】, 【성룡의 숨결】."

"이그니스! 【거대화】, 【꺼지지 않는 맹화(猛火)】!"

레이가 쏜 브레스와 이그니스가 쏜 불꽃이 두 사람 사이에서 터져 지형을 파내지만, 그럼에도 호각인 상황이다.

"과연, 좋은 몬스터군."

"네 용도 그렇군. 허나…… 힘을 감추겠다면, 이대로 불태워 주마."

미이는 아끼지 않겠다는 듯이 MP를 회복하고 이그니스에게 명령한다.

"이그니스 【불사조의 불꽃】. 【내 몸을 불길로】."

첫 스킬로 미이에게 버프를 걸고, 이그니스가 그대로 몸을 불덩어리로 바꾼다. 그리고 불꽃으로 미이를 감싸고는 지면을 타고 황무지로 퍼져 나간다.

"과연, 쉽게 넘어갈 순 없겠군. 레이, 【성스러운 수호】."

"간다! 【인페르노】!"

그 외침과 동시에 작열하는 불꽃이 방출되어 미이를 중심으로 한 공간 전부를 불태운다. 그러나 눈부신 그 빛은 그만큼 강하게 발생한 페인의 빛과 서로 부딪쳐 폭발했다. 그 충격이 주위의 숲과 평지를 엉망진창으로 파괴하여 모래먼지를 피워 올린다.

모래먼지가 가라앉았을 때 변함없이 멀쩡한 모습의 미이와 조금 HP가 줄고 갑옷이 그슬린 페인이 서 있었다.

"쳇, 레이에게 큰 기술을 쓰게 할 줄 알았더니…… 대미지 경감과 성검의 위력으로 막다니……. 교활한 놈이군."

"하하, 너무 정보를 줄 수는 없지."

"처음부터 나를 쓰러뜨릴 생각은 없었는가……. 허나, 무사히 돌려보낼 거라 생각지는 마라."

"그래, 좋고말고. 하겠다면."

페인은 받아주겠다는 듯이 성검을 겨눈다.

제2라운드가 시작되려 할 때 나무를 뚝뚝 꺾는 소리가 들려왔다.

두 사람은 무언가가 다가온다는 것을 알아차리고 일시휴전이라는 듯이 그쪽을 보았다. 그때 숲에서 몇 줄기나 되는 레이저가 마구 날아왔다.

"아니……!? 레이!"

"칫, 일단 피할까! 이그니스!"

페인과 미이가 각자 테이밍 몬스터를 타고 지상에서 떨어진다.

잠시 후 나무를 쓰러뜨리면서 나타난 것은 10미터는 돼 보이는 거대한 악어였다. 한 가지 이상한 점이 있다면 입에서 레이저를 뿜고 있다는 것이다.

"흥이 가셨다. 페인! 2차전은 다음 기회로 미루마."

"그래, 나는 상관없다. 【인페르노】를 볼 수 있었으니까."

이리하여 난입자에 의해 결판이 나지 않은 채 두 사람의 승부는 끝을 맞이했다.

그리고 당연히 사리도 그 광경을 보고 있었다.

"아. 저거, 메이플이잖아……."

맵에서 빠른 속도로 이동해 온 메이플 아이콘. 자세히 보니 악어가 레이저를 쏘는 게 아니라, 레이저 포가 달린 양털이 입에 끼워져 있었다.

"마지막으로 더, 더 뛰어다니는 거야—!"

아는 목소리가 희미하게 들렸다가 멀어져 가는 것을 사리는 눈빛을 흐리며 배웅했다.

예선 종료시각이 다가왔을 때 메이플은 빨간 꽃으로 몬스터를 불러들이는 데 질리고 말았다. 도중에 【히드라】와 【흘러나오는 혼돈】, 【백귀야행】에다 【심해의 부름】까지 여러 스킬을 다 써버렸기 때문에 몬스터 격파 속도도 떨어져서, 지금은 온몸을 물어뜯기면서 【포식자】가 물어뜯어 해치우기를 기다릴 뿐이다.

"아, 그리고 보니…… 이 필드를 전혀 안 돌아봤네."

예선용 필드는 상당히 넓다. 이만한 규모로 만들어 놓고 일회용으로 쓰고 버리지는 않겠지만 다음에 언제 탐색할 수 있을지는 알 수 없다.

"마지막으로 둘러보고 다닐까! 몬스터는 많이 잡았으니까 아마 괜찮겠지!"

이렇게 되면 다음은 이동 수단이다. 이벤트 시간은 이제 그리 많이 남지 않았다. 빠른 속도로 이동할 필요가 있었다.

"으음…… 어떡할까. 으응!?"

턱에 손을 대고 눈을 감고 생각하는데, 애초에 지금은 한창 몬스터에게 습격당하는 중이었다. 메이플은 몸이 붕 뜨는 감각에 당황해서 눈을 떴다. 그러자 현실세계에서는 결코 볼 수 없는 10미터는 돼 보이는 악어가 메이플을 주둥이로 물어 올리고 있었다.

메이플은 그대로 입속에 들어가 씹힐 터였다. 하지만 당연히 메이플의 방어가 악어가 깨무는 것보다 견고했다. 대미지가 들어올 리가 없다. 메이플은 생각을 중단시킨 걸 약간 복수해 주려고 입속을 둘러보았다.

"아, 위장 속으론 못 들어가는구나. 그렇구나……."

메이플은 입을 퍽퍽 두드리다가, 이만큼 덩치가 크면 【포학】보다 빠르게 이동할 수 있지 않을까 생각했다.

"어떻게 내 생각대로 움직여 주지 않으려나."

메이플은 잘근잘근 씹히면서도 앞쪽으로 가서 이빨 틈새로 얼굴을 내밀었다. 그러자 몸 밖에 있는 메이플의 얼굴에 반응했는지 악어가 입을 딱딱 여닫으며 그 방향으로 달렸다.

"됐다! 그럼 반대는? 오오—! 이쪽으로 달리네!"

이렇게 되면 이제 몸이 씹히다가 괜히 움직이지 않도록 고정할 필요가 있다. 메이플은 인벤토리에서 이즈 특제 접착제를 꺼내고 확 【발모】해서 악어 입과 양털에 발랐다.

이렇게 하면 흔들리지 않고 이동도 자유롭게 할 수 있다.

"죽여 버리지 않게 【포식자】는 해제하고…… 플레이어 대비책으로 레이저를 준비하고…… 준비 완료!"

메이플은 임시 이동 수단으로 악어를 고르고 자신의 몸을 미끼로 내걸어서 방향을 조정하며 필드를 뛰어다닌다. 그리고 달리기 시작했을 때 치명적인 사실을 깨달았다.

"앗! 안 돼! 이러면 경치를 못 보잖아!"

하나를 해결하면 문제가 또 생긴다. 메이플은 악어를 멈추게 할 방법이 없어서 일단 달리게 하면서 생각했다. 그리고 인벤토리 안에서 예전에 샀던 영상 기록용 결정을 꺼냈다.

"조금만…… 우으으, 몸을 뻗어서…… 됐다!"

악어의 코끝에 결정을 몇 개 달아서 뛰어다니고 있을 때의 영상을 찍기로 한 것이다. 메이플은 묘안이라는 듯 악어의 입에서 혼자 고개를 끄덕였다.

"아, 미이가 맵에 나오네! 좋아, 가 보자—!"

이때 많은 플레이어가 메이플이 갑자기 움직이기 시작한 데 놀라서 급하게 진로를 틀기도 했지만, 그런 사실은 알 방도가 없었다.

"아, 근데 멈출 수가 없네……. 빠르고 어디서든 달릴 수 있는 건 좋은데 말이야."

애초에 이동 수단으로 쓴다고 예상하고 만들지 않았으니 그 부분을 책망하는 건 너무하다.

그리하여 메이플은 진로에서 미처 피하지 못한 플레이어를 보통 사람에게는 강한 악어의 공격력으로 우연히 치어 죽이기도 하면서 필드를 빙빙 돌 수 있었다.

"아, 근데 이제 끝났네."

메이플은 참 짧았다고 생각하면서 원래 필드로 전송될 때를 기다렸다. 뭔가 잊은 듯한 기분이 들어서 생각해 봤지만 떠오르지 않는다. 그리고 몸이 빛에 감싸이기 시작했을 때, 메이플이 아차 하는 표정을 지었다.

"마지막에는 악어랑 달리기만 했고…… 아! 영상! 기다려, 기다려—!"

좀 늦게 떠올린 바람에 메이플은 악어에게 달았던 결정을 회수하기 전에 필드에서 전이되고 말았다.

——————————————————————

851이름:무명의 대검 유저

예선 끝났군

852이름:무명의 방패 유저

결과는 좀 있어야 나오나 봐

우리는 아무도 안 죽은 듯하니 기대할 수 있겠어

853이름:무명의 창 유저

센데

854이름:무명의 마법 유저
테이밍 몬스터가 말이야. 제법 일을 잘한다는 걸 새삼 알았어

855이름:무명의 대검 유저
세지
나도 동료를 구했는데 그게 없었으면 죽었겠다 싶을 때가 있어

856이름:무명의 활 유저
뭐 그런 게 없어도 센 놈은 세지만
솔로한텐 참 좋지

857이름:무명의 창 유저
이벤트에서 몇 군데쯤 가선 안 될 장소처럼 된 데가 있었으니까
안 가려고 먼저 피하는 장소

858이름:무명의 방패 유저
얘기로 보건대 우리 멤버가 섞여 있을 것 같은데 말이야

859이름:무명의 대검 유저
그렇겠지
메이플은 계속 맵에 떠 있었는데 완전 무시당했잖아
그야 그럴 수밖에 없겠지만

860이름:무명의 창 유저
아니 글쎄 보고 있었는데 그건 선택된 자밖에 다가갈 수 없다니까
평범한 사람은 휩쓸려서 죽어

861이름:무명의 방패 유저
정기적으로 어딘가에서 폭염이 치솟는 게 장난 아니다 싶었지
나는 그런 짓 못하니까 말야

862이름:무명의 마법 유저
그대로 있어 줘
당연한 듯이 필드의 일부를 지옥으로 바꾸지 말아 줘

863이름:무명의 활 유저
너는 그걸로 됐어
지금 이대로 된 거야

864이름:무명의 대검 유저
근데 다가가면 죽는 메이플은 맵에 계속 뜨면서 뭘 했던 거야

865이름:무명의 창 유저
자신을 미끼로 삼아서 몬스터를 부르는 것 같았어

숲에서 기세 좋게 달려든 몬스터가 픽픽 죽는 광경이라니
완전 호러라니까

866이름:무명의 방패 유저
그럼 메이플은 이벤트 동안
계속 자신을 미끼로 하고 있었던 건가……

867이름:무명의 마법 유저
무슨 말이야?

868이름:무명의 방패 유저
메이플 마지막에는 무지막지 큰 악어 입속에 들어가서
필드 일주 코스를 달렸대
영상을 못 찍어서? 아쉬운 것 같았어

869이름:무명의 대검 유저
어쩌다가 거기까지 간 건지

870이름:무명의 창 유저
들어도 못 알아들을 것 같아
이해의 범주를 넘지 않았어?

871이름:무명의 활 유저
혼자서 딴 게임 하는 거 아냐? 목표가 우리하고 다르잖아

872이름:무명의 마법 유저
내가 그거에 치였구나…… 이 빔 쏘는 악어는 뭐냐고 생각했다고
그야 그렇잖아 악어는 빔 안 쏴도 깨물면 되는데 말야

873이름:무명의 대검 유저
더 세지려나
테이밍 몬스터랑 계속 같이 있으니까 스킬도 다 배웠을 것 같아

874이름:무명의 방패 유저
시럽도 또 세졌으니까
다음에 있을 이벤트 본선에서 확인할 수 있겠지만

875이름:무명의 대검 유저
세졌구나
아직도 다음이 있다니 무서운데

876이름:무명의 마법 유저
기대해 둘까 무섭기도 하지만

877이름:무명의 활 유저
무섭기도 하다는 게 기본인 점은 아무리 지나도 안 익숙해지네

878이름:무명의 방패 유저
그리 쉽게 익숙해지지는 않을걸
메이플한테 익숙해졌다고 생각했는데
바로 최근에 촉수에 완전 쫄았거든

————————————————————————————————

이리하여 예선도 끝나고, 메이플을 포함한 플레이어들은 모두 결과 발표를 기다리게 되었다.

◆ □ ◆ □ ◆ □ ◆ □ ◆

예선이 끝나고 일단 조용해진 운영실에서는 순위 확정 작업이 진행되고 있었다. 운영진도 잘 아는 이름이 상위에 포진해 있다.

"결국 큰 이변은 없을 것 같네요."

"뭐 강한 유저는 당연하게 강한 테이밍 몬스터를 발견한 것 같으니까. 그렇게 되면 실력의 차이가 뒤집히지 않으니 별수 없지. PVP 요소를 조금만 더 강화해도 괜찮았을지도 모르겠는데."

"그러네요. 다음번에 살려 볼까요."

반성할 점을 언급하면서 작업을 진행하다가 대략 마무리가 되자 언제나처럼 화면으로 플레이어 동향을 관찰한다.

"……저기, 우리가 구역 보스를 배치했던가?"

"아니요…… 센 몬스터는 준비했지만, 명확하게 보스라고 부를 만한 건."

"이거 플레이어에 따라서는 보스라고 생각했을 것 같은데요."

"상당수 휘말린 것 같으니 말이지."

미이의 업화, 페인의 빛의 격류, 이즈의 폭파와 카스미의 안개숲. 그리고 메이플의 형용할 수 없고 잘 알 수 없는 무언가.

그것들은 이미 구역 보스라 해도 될 만한 분위기였다.

"이번에는 지형과 전투 스타일과 규칙이 맞아떨어졌다고 할 수도 있겠지만, 과연 그렇군."

"그럴 소리를 할 때가 아니거든요."

"하나씩 봐 볼까. 좋은 점은 남기고 나쁜 점은 변경하자."

그리하여 자극적인 건 처음에 봐야 한다는 듯 먼저 메이플의 영상을 튼다. 그곳에는 스킬이 몇 개나 겹쳐 원래의 초원에서 엉망진창으로 변해 버린, 메이플이 진을 쳤던 그 장소가 비친다.

"저 꽃…… 아아…… 그런가."

"플레이어에게 알려져도 메이플이 있는 곳에 가는 사람은 없으니까요. 저건 완전히 몬스터 몰이 기계라고요."

"아니잖아, 저런 게 아니잖아……."

"압니다. 그 기분."

"전에 정글에서 효과가 알려진 게 안 좋았나……."

하지만 그대로 영상을 돌리다가 메이플이 악어 입으로 들어갔을 때 운영실은 상당히 떠들썩해졌다.

"왜 그렇게 쑥 들어가는 거야?"

"아, 이번에는 위장을 없애 놓은 게 정답이었네요. 또 체내 폭파를 당할 뻔했잖아요."

"몸속이 있는 몬스터는 안 되는군요, 역시."

그래도 문어 사건에서 빠르게 수정해 놓아 다행이라고 멤버들은 고개를 끄덕였지만 수십 초 후, 위장이 없다는 것만큼은 칭찬받았던 악어가 이제는 탈것 대신이 되어버렸다.

"왜 입에서 안 나오는 거야!"

"아, 하나도 모르겠네요. 하지만 확실히 이동 속도는 빠르네요. 재미있는 발견이에요."

"이빨은 관통 공격으로 설정해야 했어……."

그 후로도 장면을 하나하나 바꾸어 여기는 이렇고, 저기는 저렇다고 와글와글 이야기하면서 계속 확인해 간다.

"본선 몬스터는 괜찮을까……."

"제멋대로 막 다루지 않았으면 좋겠네요……. 다음에는 파티를 짜서 덤빌 테니까요."

"원래 몬스터가 덤비는 걸 텐데 말이야."

"구역 보스 같은 짓을 하는 시점에서 이미 뭐가 뭔지 모르겠다고 생각하는데요."

"뭐, 일리 있군."

"이벤트, 난이도를 나눠 놓은 게 정답이었네요."

테이밍 몬스터와의 연계는 확실히 강하다. 하지만 그렇다면 그에 맞는 몬스터를 내보내면 된다고 생각하면서도, 본선용으로 준비한 몬스터들의 데이터에 모두가 기대와 불안이 섞인 시선을 보냈다.

대부분 예상한 대로 【단풍나무】는 전원이 예선 상위에 드는 데 성공했다.

목표한 대로 여덟 명 전원이 최고 난이도에 도전할 수 있게 된 것이다.

본선에서는 파티를 짤 수 있기 때문에 이제 다시 마음껏 길드 멤버의 테이밍 몬스터의 힘을 발휘할 수 있다.

"필드는 예선 때와 같대. 잘됐네, 메이플. 이번에는 메달도 있으니까 구석구석 탐색하자."

"전투도 좋아하지만, 역시 예쁜 풍경을 볼 수 있어서 탐색도 좋아하거든."

메이플은 영상 기록 결정을 잊고 와 버렸지만 빨리도 재탐색 기회가 와서 기운이 넘쳤다.

"그래도 다행이야. 모두 상위에 잘 들어서."

"츠키미가 엄청나게 애써 줬어요."

"저도 유키미가!"

기쁜 듯이 아기곰을 안아 올려 보여주는 자매를 보고 길드 홈에 있던 여섯 명 모두가 미소를 짓는다. 마이와 유이 두 사람은 자신이 제대로 살아남을 수 있을지 불안했던 점도 있어서 이 결과에 한층 더 기뻐하는 모습이었다.

"뭐, 테이밍 몬스터는 엄청 세고 많이 도와주지만…… 역으로 이번에는 그걸 감안한 난이도가 되겠지."

사리가 그렇게 말하자 크롬과 카스미도 고개를 끄덕였다.

"상위 그룹은 거의 전원이 동료를 데리고 있을 테니까. 테이밍 몬스터가 있다고 해서 쉽게 가게 해 주지는 않겠지."

"레벨을 안 올리면 오히려 힘들 가능성도 있겠군."

"음, 그럼 레벨을 더 올려야겠네! 시럽도 열심히 강하게 만들어야지!"

본선까지는 아직 조금 시간이 있다. 하지만 전원이 애타게 기다리는 듯했다. 자신의 파트너 몬스터의 멋진 모습을 보여주고 싶어서다.

우리 애가 이렇게 귀엽다는 자랑 같은 거다.

"아, 맞다맞다. 나 예선 도중에 드레드와 드라그의 테이밍 몬스터를 확인했어."

카나데는 드레드의 몬스터는 그림자를 다루는 늑대이고 드
라그의 몬스터는 모래와 대지를 조종하는 골렘이었다고 전달
했다.

"우우……【대자연】이 무효가 되면 껄끄러운 상대일지도."

그것 말고도 시럽에게는 지면에 영향을 주는 스킬이 여러 개
있다. 그걸 무효화한다니 난처한 일이었다.

"드레드 쪽도 요주의네. 그림자에 숨을 때는 무적일 가능성
이 크니까, 큰 기술을 생각 없이 썼다간 우리가 불리해질지도
몰라."

"흐음…… 우리가 PVP에서 겨루는 건 빨라도 다음 이벤트
일 테니 조금씩 정보를 모을 수밖에 없겠군."

카나데가【집결의 성검】의 정보를 전하자 사리도 메이플이
난입하기 전까지 있었던 미이와 페인의 전투를 이야기하기
시작했다.

메이플이 미이와 함께 탐색한 적이 있어서, 둘 중에서는 페
인의 정보가 중심이었다.

적어도 광범위 브레스와 비행 능력이 있다는 것은 알고 있
다. 게다가 현재 목격 사례가 없는 몬스터라는 점에서 레어도
가 높고, 아직 숨겨진 강력한 스킬을 가지고 있을 가능성이 크
다.

"현재로선 경계할 필요가 있다고 말할 수밖에 없는 게 아쉽

지만. 브레스는 용이라면 대체로 가지고 있고…… 프레데리카한테 그렇게 말했던 만큼 실력을 숨기고 있겠지. 미이 쪽은 【인페르노】라는 스킬이 강했어. 범위가 무지 넓고, 아마 위력도 엄청날 거야. 그렇게 범위가 넓으면 가까이서 썼을 때는 나도 못 피하려나."

메이플 일행의 라이벌들도 모두 테이밍 몬스터를 동료로 삼았다는 것이 확인되었다. 그것은 공격 패턴이 다채로워졌음을 뜻한다.

"좋아, 다음 이벤트 열심히 해서, 메달도 잔뜩 입수해서 훨씬 더 강해지자! 우리는 소수정예가 되어야만 하니까."

"그렇지. 한 사람 한 사람이 강해야 해."

메이플 일행은 각각 새로이 결의를 다지고, 테이밍 몬스터를 더욱 단련하면서 본선의 날을 기다렸다.

후기

어쩌다가 8권을 집어 주신 분께는 처음 뵙겠습니다. 계속 읽어 주시는 분께는 또 찾아주셔서 감사합니다. 안녕하세요, 유우미칸입니다.

7권에서 8권에 걸쳐 또 큰 사건이 있었습니다. 맞습니다, 애니메이션 제작 결정입니다!

2020년에 TV 애니메이션 방영을 한다고 하니, 기대하면서 조금만 더 기다려 주셨으면 합니다. 귀중한 기회여서 녹음 견학에도 다녀왔습니다. 뭐라고 해야 할까요, 캐릭터 한 명 한 명에게 목소리가 입혀지는 과정을 보니 신기한 기분이었습니다. 뉘앙스 등 세세한 부분까지 조정하면서 1화 분량이 만들어지는 걸 보고, 실감이 안 나면서도 엄청난 체험을 하고 있구나 싶을 뿐이었습니다. 계속 읽어 주시는, 계속 응원해 주시는 여러분 덕분에 특별한 경험을 할 수 있어서 감사할 따름입니다.

애니메이션은, 저로서도 새롭게 여러 사람들과 알게 되는 기회가 된다면 물론 기쁘겠지만, 그 이상으로 예전부터 좋아하고 읽어 주셨던 분들이 즐겁게 보실 물건이 되었으면 좋겠다고 생각했습니다. 여러 번 했던 말이지만, 뭐니 뭐니 해도 제가 여기까지 올 수 있었던 건 그런 분들 덕분이니까요.

그리고 애니메이션은 그렇게 만들어졌다고 생각합니다! 저로서는 아직 이 정도밖에 말할 수 없지만, 역시 그 길의 프로님들은 굉장하구나 생각했습니다. 네, 분명히 즐겁게 보실 수 있을 겁니다!

그리고 저는 트위터 등은 안 하기 때문에 정보 전달이 매우 늦습니다. 애니메이션 공식 트위터와 공식 사이트도 생겼으니 괜찮으시면 확인해 주시기 바랍니다!

그리고 앱 게임도 만들어진다고 합니다. 자꾸자꾸 이야기가 커져서 기쁜 듯하면서도 무서운 듯…… 합니다만, 다시없는 일이겠지 하며 즐겨 보고 있습니다! 이쪽도 공식 트위터와 공식 사이트가 있으니 그쪽에서 최신 정보를 입수할 수 있으실 겁니다. 샘플 보이스도 들을 수 있습니다! 여러분이 상상하신 대로라면 좋겠다고 생각하면서…… 서비스 시작 후 플레이해 주시면 기쁘겠습니다!

이것으로 『아픈 건 싫으니까 방어력에 올인하려고 합니다.』 8권을 마무리하겠습니다.

애니메이션 제작, 앱 게임 제작 등 새로운 이야기도 많이 있습니다만!

앞으로도 원작으로서 변함없이 이어지는 이야기를 계속 써나갈 수 있으면 좋겠습니다.

그러기 위해 앞으로도 응원해 주시면 기쁘겠습니다!

그럼 언젠가 나올 9권에서 만날 날을 기대하겠습니다!

유우미칸

아픈 건 싫으니까 방어력에 올인하려고 합니다. 8

2021년 02월 15일 제1판 인쇄
2021년 02월 25일 제1판 발행

지음 유우미칸 | **일러스트** 코인

옮김 박수진

발행 영상출판미디어(주)
등록번호 제 2002-000003호
주소 21311 인천광역시 부평구 평천로 132 (청천동)
전화 032-505-2973(代) | FAX 032-505-2982

ISBN 979-11-6625-654-7
ISBN 979-11-319-9451-1 (세트)

ITAINO WA IYA NANODE BOGYORYOKU NI KYOKUFURI SHITAITO OMOIMASU. Vol.8
ⓒYuumikan, Koin 2019
First published in Japan in 2019 by KADOKAWA CORPORATION, Tokyo.
Korean translation rights arranged with KADOKAWA CORPORATION, Tokyo.